당신을 위한 작은 위로

경종호 기명숙 김근혜 김영주 김정경 김종필 김헌수
문 신 박태건 오은숙 안성덕 이경옥 이영종 이진숙
장은영 장창영 정숙인 최기우 최아현 황보윤 황지호

책을 펼치며

세상은 언제나 우리에게 다양한 얼굴을 보여줍니다. 때로는 환한 햇살처럼 따스하고 생기 넘치지만, 때로는 차갑고 냉혹한 바람이 불어와 마음을 얼어붙게도 합니다. 바쁘게 흘러가는 하루하루 속에서 우리는 자신도 모르게 무심히 지나치는 순간들 속에 지쳐가고, 보이지 않는 외로움과 마주하기도 합니다.

그런 순간에 가장 간절히 바라는 것은 누군가의 따뜻한 말 한마디, 혹은 작은 위로의 손길이 아닐까요? 거창하지 않더라도 우리가 다시 살아갈 힘을 얻기 위해서는 소소한 한 번의 기회만 있어도 충분합니다. 이 책은 그런 위로와 희망의 빛을 찾는 이들에게 건네는 소중한 선물입니다.

여기에 모인 전북일보 신춘문예 출신 작가들은 자신만의 고유한 시선과 섬세한 감성으로 세상을 읽어내는 사람들입니다. 그들이 만난 책들은 단순한 이야기가 아니라, 인생의 굽이마다 지친 마음을 어루만져 준 친구와도 같았습니다. 책 속의 문장들은 때로는 눈물이 되어 마음을 적시고 때로는 용기가 되어 다시 일어서게 하는 힘이 되어 주었습니다.

이 책의 저자들은 몇 년에 걸쳐 전북일보 지면을 통해 세상 독자들과 만났습니다. 그동안 각자 읽었던 책을 뒤적이고 감정의 골짜기를 더듬어 가며 벅찬 시간을 보냈습니다. 우리 저자들은 그러한 감동과 울림을 품은 책들을 한 자 한 자 정성스레 소개하며 독자들과 진심을 나누고자 이 서평집을 엮었습니다.

책이라는 매개체를 통해 작가들이 들려주는 이야기는 세상에 대한 그들의 애정과 기대, 그리고 희망으로 가득합니다. 이 책 속에는 우리가 마주하는 크고 작은 상처들에 대한 연민과 세상을 사랑하는 마음이 있습니다. 작가들의 목소리는 단순한 평범한 독서 후기가 아닌, 세상을 향한 노래이며 때로는 조용한 반란입니다. 그들이 경험한 위로와 감사, 배려의 마음이 독자들 마음속 깊은 곳에 닿아 서로를 향한 따뜻한 연결고리가 되길 바랍니다.

세상은 불완전하고 냉혹하지만, 그 속에서 우리의 삶을 비추는 작은 빛들이 있어 살아갈 힘을 얻습니다. 이 서평집은 그런 빛이 되어 독자에게 삶의 위로와 희망을 전하고자 합니다. 읽는 이의 마음에 조용한 울림을 주며 어느새 삶의 무게를 덜어내고 다시금 희망을 품게 하는 작은 등불처럼. 그리고 우리가 서로에게 건네는 작지만, 진실한 배려와 감사의 마음이 세상을 조금 더 따뜻하게 만들 수 있음을 다시 한번 일깨워 줍니다.

이 책은 작가 개인의 경험과 감성이 깃든 이야기인 동시에 한 사람 한 사람이 세상을 바라보는 새로운 시선을 발견하는 여정이기도 합니다. 우리가 어떤 시선으로 세상을 바라보느냐에 따라 같은 현실도 전혀 다르게 느껴지고 경험되기 때문입니다. 그래서 이 서평집은 단순한 책 소개를 넘어 서로를 이해하고 공감하는 다리가 되기를 진심으로 소망합니다.

또한, 이 책을 통해 독자들이 자신의 감정을 마주하고 작은 위로를 통해 다시 일어설 힘이 생기기를 바랍니다. 감사하는 마음으로 타인을 보고 작은 배려가 모여 큰 변화를 만들어 낸다는 믿음을 다시 한번 되새기며 세상에 대한 따뜻한 시선이 퍼져 나가기를 간절히 기원합니다.

끝으로 오랫동안 작가들의 말에 귀 기울이고 귀한 지면을 허락해 준 전북일보사와 흔쾌히 발간을 맡아준 걷는사람에 감사의 마음을 전합니다. 또한, 이 서평집을 준비하는 동안 묵묵히 기다려 주신 문우회 회원들께 깊은 감사를 드립니다. 편집위원들은 이 작은 시작이 우리 시대의 등불과 같은 역할을 하리라는 믿음으로 이 작업을 진행해 왔습니다.

서평집을 펴내기까지 작가들이 느꼈던 기쁨과 슬픔, 희망과 배려의 순간들이 여러분의 삶에도 잔잔한 울림으로 스며들기를 바랍니다. 이 책을 읽으며 지친 일상에서 벗어나 잠시 숨을 고르고 자신에게 따뜻한 위로와 희망을 건네는 시간이 되었으면 좋겠습니다. 우리의 마음 한쪽에 언제나 빛나고 있는 그 작은 불씨가 꺼지지 않고 계속 이어져 가기를, 그리고 그 불씨가 이 책을 통해 여러분에게 전해지길 진심으로 바랍니다.

저자를 대표하여,
장창영 씀

벼리

1부 마음을 비추는 빛

2부 오늘을 살게 하는 희망 노래

3부 감사라는 이름의 축복

4부 문을 열어두는 배려

1부

마음을 비추는 빛

가여운 나를 가만히 들여다보게 하는

박두규 저, 『가여운 나를 위로하다』(모악·2018)

김정경 (시인)

살면서 더러 '아, 이러려고 그랬던 거구나!' 하는 생각이 드는 순간과 맞닥뜨리게 된다. '그래, 내가 이 사람을 만나려고 여기에 온 거였어.', '이 얘기를 들으려고 오늘 하루가 그랬군.' 하고 무릎을 '탁' 치게 될 때. 한 해의 끝자락이 보일 즈음에 다다라서야 그간 나도, 주변도 살뜰히 보살피지 못했다는 자책이 날카로운 바람 끝처럼 할퀴었기 때문이리라. 시집 『가여운 나를 위로하다』에 닿게 된 것은.

시집 속에는 "아직도 오만 가지의 생각들이 모두 지나가야 하루가 저무는"(「낙숫물의 파문-백운천 일기 3」) 한 사내가 산다. "초겨울의 저녁은 그냥 두어도 청승맞은데/ 중년의 사내 혼자서 저녁밥을"(「어느 초겨울의 저녁」) 짓고, "빨래에 대한 시를 쓰려다 그만두고 툇마루로 나와 강물을 바라"(「시를 쓰려다가 그만두다- 백운천 일기 1」) 본다. 그이는 "매일매일 순간순간 가슴 떨리는 경이로움으로 글을 쓸 수 있다는 유혹(「경전을 읽고 난 어느 날씨 좋은 날」)을 느끼고, "세상을 경이롭다고 말할 수 있는"(「세상이 경이로운 건」) 존재들을 물끄러미 응시한다.

'경이로운 존재'와 '가여운 나' 사이에는 얼마만큼의 간극이 있을까. 전라도 말 중에 '구다보다'라는 표현이 있다. '들여다보다'쯤으로 풀이할 수 있겠다. 가여운 나를 보살피는 것도, 경이로운 존재의 출현을 발견하는 일도 응시의 힘에서 비롯된다. 한 존재가 갖는 존엄과 고독을 집요하게 '구다보는' 시인의 눈. "파편처럼 박혀 있던 외로움도 회한도 황홀했던 시간도/ 모두 투명한 침묵이 되어 풀잎에 매달려 있"(「축시丑時의 숲」)음을 감지해 낸 그는 그리하여 "숲길에서 꽃 한 송이에 걸음이 멈추면/ 나는 그 꽃입니다.// 밤하늘 바라보다 별 하나 눈 마주치면/ 나는 그 별입니다// 세상의 어떤 슬픔 하나 마주쳐도/ 나는 그 슬픔입니다."(「그렇게 그대가 오면」)하고 노래하는 경지에 이른다. 맹렬한 들끓음이 가라앉기를 기다려 "그대가 오면 나는 그대일 뿐입니다." 이렇게 담담히 고백할 순간을 시인과 함께 그려본다.

툇마루에 앉아 강물을 바라본다. 의심도 없이 그대를 좇아온 세월은 아직도 강물을 거슬러 오르고 있다. 그대의 환영(幻影)을 노래한 시(詩)들은 은어의 무리처럼 거침없이 따라 오른다. 이승의 시간이 다하기 전, 그대를 한번 만날 수 있을 거라는 이 생각만

이 아직도 늦지 않았다. 나는 이미 강의 하구에 이르렀건만 지금

도 강물을 거슬러 오르는 이 허튼 생각만이 남아 가여운 나를 위

로한다.(「가여운 나를 위로하다」)

　내 안을 '구다보고' 자꾸만 바깥을 살피게 하는 우리의 허튼

생각이 우리를 위로한다. 늙지 않는 사랑, 환영마저도 시로 바

꾸어 내는 '그대'라는 존재. 이미 흘러가 버렸다는 것을 알지만,

하구에 다다라서도 기어이 강물을 거슬러 오르게 하는 확신의

무엇. 그 모든 것이 아직도 멸종되지 않았던 것일까. 이 투명한

시의 비늘들이 반짝이는 강물을 시인은 툇마루에 앉아서 다 보

고 있었다는 거다. "그대를 한번 만날 수 있을 거라는 생각만"

으로 세상에서 마주친 어떤 슬픔 하나도 자신의 것으로 고이

받드는 시인을 마치 나인 것처럼 위로하고 싶어진다. 멈추지 않

는 허튼 생각이 마침내 경이로운 '그대'를 만나게 할지니.

곡절 없는 사람은 없다

이정환 저, 『이정환 문학전집』(국학자료원·2020)

최기우 (극작가)

　뜻한 대로 되는 일은 드물고, 일을 그르치는 때는 숱하다. 그러나 실패는 얼룩진 삶의 실제 무늬를 발견하는 과정이다. 오늘의 명백한 실패와 좌절이 새로운 시도와 내일의 성공에 결정적인 공헌을 할 수도 있다. 1970년대 유명한 작가였던 전주 출신 소설가 이정환(1930 1984)의 삶과 문학이 그렇다.

　1976년 단편집 『까치방』으로 작가의 입지를 굳히고, 1978년 『창작과 비평』에 장편소설 「샛강」을 연재하며 인기 작가 반열에 올랐던 그는 이문구(1941 2003) 소설가에 의해 실명(實名) 소설이 쓰일 정도로 문단 안팎의 큰 관심을 받았다. 이정환은 수감자들과 도시 빈민의 삶을 사회 구조적 시각으로 고발하면서 7편의 장편과 67편의 단편으로 20여 권의 작품집을 남겼다. 하지만, 당뇨로 인한 실명과 투병 끝에 세상을 떠나고 독자들에게 잊혔다. 그러나 작가정신이 무엇인가를 묻는 말에 이정환의 굴곡진 삶과 문학은 통째로 답을 들려준다.

○소설보다 더 소설 같은 삶을 산 소설가

이정환은 금전적으로 가난한 삶을 살았지만, 부친이 전주에서 서점을 했고, 자신도 전주와 서울에서 서점을 하면서 산처럼 쌓인 책더미에서 살았다. 전주 역전거리에서 태어난 그는 완주군 초포면과 전주 성당골목에서 어린 시절을 보냈다. 그는 자신의 어린 시절을 "고서와 신간을 닥치는 대로 읽어대는 책벌레였다."라고 말했다. 책 읽기를 워낙 좋아해 군대에서도 호주머니에 빽빽하게 책을 넣고 다녔는데, 한국전쟁 당시 어느 전투에서 따발총 총알이 책이 든 호주머니를 맞춰 목숨을 구하기도 했다.

이정환은 1959년 남부시장에 <덕원서점>을 열어 9년 동안 운영하다 전동으로 옮겨 1년 동안 <르네상스서점>을 경영하면서도 줄곧 책 읽기와 소설 습작에 몰두한다. 1970년 서울로 옮긴 그는『신동아』에서 주최한 논픽션 공모에 당선돼 그 상금으로 가판서점을 냈고, 4년 뒤 종암동에 <대영서점>을 열면서 가업을 재건한다.

그러나 사실 그의 삶은 순탄치 못했다. 그의 20대는 1년의 군 생활과 7년의 수감생활로 가탈이 많았다. 그가 전주농업학교에 다닐 때 터진 한국전쟁은 그의 삶을 송두리째 앗아갔다.

학도병으로 참가해 포로가 되었으나 탈출했고, 그 후 육군에 입대했다가 휴가 중 모친의 숙환으로 귀대날짜를 넘기게 됐다. 결국 탈영병이 되었다. 재판에서 사형을 선고받았지만, 몇 차례의 감형으로 7년 만에 석방됐다.

○가난도 병마도 막을 수 없는 글쓰기

이정환은 1970년 『월간문학』에 단편소설 「안인진 탈출」이 당선돼 문단에 나온 뒤 활발한 활동을 펼친다. 그러나 10년 넘게 고생하던 병마는 1980년 그의 눈을 뺏고 만다. 그래도 창작 열정은 여전해 자를 대고 써내는 원고를 아내가 해독했고, 손가락이 부어 볼펜을 제대로 쥘 수 없을 때는 아내와 딸이 그의 구술을 받아 적었다. 소설은 곧 그의 인생이기 때문이다.

이정환은 수인 생활과 빈곤으로 굴곡 많은 삶을 살았지만, 이때의 삶이 훗날 소설가로 성공할 수 있었던 직접적인 바탕이 되었다. 자신이 겪은 사형수와 무기수라는 극한의 상황과 자신에게 가해진 폭력과 상처를 소설로 치유한 것이다.

오랫동안 잊혔던 그의 작품도 2020년 여러 사람의 힘으로 세상에 다시 나왔다. 10권으로 묶인 『이정환 문학전집』은 소설

「벌 받는 화사」, 「까치방」, 「샛강」, 「유리별대합실」 등과 미발표 유작들, 전북신문에 연재한 소설 「부부」, 논픽션 「사형수 풀리다」, 전집 준비 과정에서 발견된 유고 시(詩), 육필 원고 등 그의 모든 자료를 담았다.

바람결에 날개를 달고

까치밥시동인 저, 『까치밥 회보 130호』(모악작은도서관·2023)

황지호 (소설가)

'시(詩)가 무엇이냐?'는 질문에 김종삼 시인은 「누군가 나에게 물었다」라는 시에서 '엄청난 고생 되어도/ 순하고 명랑하고 맘 좋고 인정이/ 있으므로 슬기롭게 사는 사람들이/ 그런 사람들이/ 이 세상에서 알파이고/ 고귀한 인류이고/ 영원한 광명이고/ 다름 아닌 시인'이라고 답한 바가 있습니다.

'시'의 본질을 묻는 '우문'에 삶의 근본을 밝힌 '현답'으로 응수한 시인의 혜안에 고개를 끄덕이긴 했습니다만, 정작 '알파'의 삶에는 관심을 두지 못하고 살아왔습니다. 활자와 문장의 바다, 추상과 관념의 미로, 이익과 손해의 구렁만 헤맸을 뿐, 이웃의 삶을 글로 쓸 생각을 하지 못하고 살았습니다. 더욱이 순하고 명랑하며 귀하고 슬기로운 사람들께서 다달이 가야 할 방향을 알려주었음에도 10년을 허송세월했습니다.

십여 년 전, 모악산 주변에 사는 주부들께서 동인을 결성하고 글 강의를 청하신 적이 있습니다. '시(詩)라는 글자를 파자(破字)하면 절(寺)에서 스님네들이 하는 말(言)로서 그 뜻은 세상살이의 부질없음과 형언할 수 없는 깨달음을 전하며, 그 소리는 불경 소리의 율격을 닮아 멀리 저승까지 퍼진다'라는 그럴 듯한 말에 속아 한 계절 허언을 경청하셨었지요. 매시간 책상 위에 따뜻한 차 한 잔을 준비해 주셨고, '작가님'이라 공손히 불러 주셔서 어깨가 천장까지 닿았던 시절이었습니다.

그때의 인연을 잊지 않고 다달이 회보를 보내주셨습니다. 벌써 130호째입니다. 답을 한 적도 없고, 좋다 나쁘다 뜻을 전한 적도 없는데, '우공이산'이 따로 없었습니다. 그 우직함이나 무던함보다 더 위대한 것은 내내 시를 쓰셨다는 것입니다. 시를 쓰기 위해 마음을 들여다보고 삶을 반추했다는 것입니다. 언어의 숲에서 단어의 나무를 흔들어 치마폭에 문장을 담아왔다는 것입니다. 정작 20년 전, 시 쓰기를 포기한 저에게, 허황한 말을 난발하는 저에게, 인연을 그리 소중히 여기지 않는 부족한 저에게 죽비소리를 전하셨던 것입니다.

오늘 무연히 앉아 그 가르침을 들여다봅니다. 회보도 책이라면 책인데 면지나 헛장도 없이 표지 뒷면이 바로 본문입니다. B4 크기 종이 양면에 네 페이지를 인쇄하여 반절로 자른 뒤 스테이플러를 박아 만든 회보는 총 10장, 20쪽입니다. 연하늘색 색지를 붙여 스테이플러 박은 자리를 가리고 '책등'을 만들었습니다. 스테이플러를 박은 마음은 단정하고 색지를 붙인 손길은

고와 수수하고 정갈한 옷감 같습니다. 회보가 곧, 시를 품고 있는 누대의 배냇저고리 같습니다.

'바람결에 날개를 달고'라는 제호 아래에 씨앗이 흩날리는 민들레 한 포기를 그리셨습니다. 씨앗이 어지럽게 날리니 바람은 분명 왜바람. 그 바람 타고 표지 밖으로 날아가는 민들레 씨가 이소영, 김숙미, 김설강, 유선희, 백경남, 김미현, 권명화 시인께서 지금까지 보내주신 소식 같습니다. 내려앉은 곳을 본 적이 없으므로 지금도 멀리 퍼지고 있을, 꽃을 피운 적이 없으므로 세상 모든 꽃을 품고 있을 시(詩)의 씨앗, 당신들의 마음 같습니다.

이제 일곱 분만 남은 동인은 여섯이 되고 다섯이 되었다가 언젠가는 사라지겠지요. 사라지지 않을 수 없습니다. 그러나 사라진다고 사라지는 것이겠으며 보이지 않는다고 안 보이는 것이겠습니까. 바람 따라 사라졌던 꽃씨가 봄날 온 들판을 수놓는 것처럼 당신들의 노래도 여기 그리고 그곳, 지금 그리고 그때, 당신 그리고 내 안에서 피고 지지 않겠습니까.

견뎌내고 버텨내는 삶

박수서 저, 『날마다 날마다 생일』(생명과문학사·2023)

김헌수 (시인)

그를 처음 만난 건 대학원 모임 때였다. 수줍은 듯 구석에 앉아서 눈웃음을 치던 모습이 선하다. 대뜸 형이라고 부르며 다가온 박수서 시인. 트로트를 온몸으로 풀어내며 부르고, 연극 무대에서 연극을 하는 다재다능한 팔방미인이다. 예술로 삶을 연주하는 끼를 발산하며, '낭만 가객'의 풍류를 읊는 그를 오래도록 지켜보았다. 늘 그 자리에서 묵묵하게 자기 일을 수행하며 학교 행정의 근간을 살피는 일도 놓치지 않고 있다.

오십은 생각보다 빨리 왔다는 그, 마흔아홉은 더디게 지나가고 몸도 마음도 힘겨웠다고 말한다. 시를 못 짓겠다고도 생각했지만, 아래 코를 잡아 올려 뜨개질했다는 시인의 말이 아프게 다가왔다. 수척해진 몸과 퀭한 눈이 몸으로 맘으로 앓은 흔적을 내보였고, 담배와 술 없이 쓴 시집이라는 말에 슬몃 웃음이 나왔다.

우리네 삶의 고단함이 생일날 마주한 미역국 한 그릇에 녹아내리고 다양한 축하와 덕담으로 이어진다면, 날마다 생일처럼 산다면 부러울 것이 무엇이랴.

　박수서 시인의 이번 시집에는 스스로 시의 화자가 되어 시의 대상이자 시의 글감이 된 생활을 담담히 풀어내었다. 특히 이번 시집에는 세상 나이 쉰을 앞둔 중년의 육체적 증상을 통해 시적 완성을 제공하고 있다.

　　나무는 쓸 만한 것이 먼저 베인다지만

　　사람은 쓸모없는 것이 먼저 베인다

　　살면서 작게 적게 베인 상처를 꿰매다 놓친 바늘이

　　수북이 쌓여 나는 잣나무처럼 뾰족해졌다

　　말미잘처럼 박힌 날카로운 모양이

　　신통하게 나이테가 되었고

　　마흔 아홉 테에서 층계가 낮고 넓어졌다 (「마흔아홉」 부분)

　마흔아홉이라는 나이를 "바람은 어깨를 반도 걸치지 않았는데" 자신의 생애가 가지 많은 나무처럼 몸 한그루가 통째로 출렁댔다고 표현했다. 시집에는 만성단순치주염, 전립샘증식증, 심실조기수축, 수면장애, 불안장애, 등과 같이 마흔아홉을 맞으며 만나는 다양한 모습을 묘사하고 있다. 견뎌내고 버텨내는 삶을 한 줄 한 줄 토로해 내었다.

살아오면서 얻은 딜레마로부터 멀리 떨어져, 익숙하고 낯익은 개념을 마주한다. 자신만의 의미를 단단하게 세우며 생경하지 않은 경험을 발견하고 있다. 삶의 서정을 스스로 마주하며 세계를 거스르거나 재단하기보다는 순응하며 그것을 믿어주고 받아들이는 삶을 말한다.

세련되지 않은 일상의 이름 앞에 '생활시'를 보듬고, 당연함과 낯익음, 그냥 그럴듯하게 의미를 부여하지 않고 시인이 말하고자 하는 의도대로, 그가 전하고자 하는 시도대로 온전하게 끌어내었다. 시의 통로 속에 채집된 중년 남자의 생채기가 자신과 가족, 주변을 아우르는 공감을 끌어내기에 충분하다.

세월이 준 나이테를 탄식하지 않고 꽃잎도 나이 들면 군주름이 생긴다는 상상과 함께 낯설은 시로 머물지 않았다. 누군가를 향한 노래가 되고 고백이 되어 마음의 옹이로 남은 시, 그가 온몸으로 부대끼며 쏟아낸 시, 가쁜 호흡으로 때론 조용한 읊조림으로 고백한 시, 시어의 들숨과 날숨이 꿈틀거림을 알 수 있다. 세상을 사는 일이 사랑하는 일인 것을 힘주어 말하는 그와 갑오징어 숙회에 막걸리 한 잔을 곁들이고 싶다.

사랑과 위로로 깊어져 가는 무늬와 빛깔

이경옥 저, 『진짜 가족 맞아요』(보랏빛소어린이·2025)

김근혜 (동화작가)

'사랑해.', '다 잘될 거야.', '우리가 있잖아.'

이런 말을 건네기 가장 어려운 상대가 가족 아닐까. 굳이 말하지 않아도 다 알 것이라는 생각에 미루거나 생략하기 일쑤다. 낯간지럽고 어색해서 어째 영 내키지 않는다. 어떨 땐 의도와 달리 엉뚱한 말이 나와 오해를 살 때도 있다.

이경옥 작가의 동화『진짜 가족 맞아요』에도 사랑과 위로에 취약한 가족이 나온다. 성이 달라서? 억지로 묶인 가족이라서?

작품 속 박다영은 엄마의 재혼으로 뜻하지 않은 사람들과 가족으로 묶인다. 자기와 엄마만 빼고 모두 문 씨인 집에서 다영은 어정쩡한 모습이다. 그런 박다영과 달리 또래인 문진호는 새엄마와 다영에게 다정함이 넘친다. 반대로 오빠 문윤호는 어딘가 어둡다. 다영이는 오빠가 엄마와 자기를 싫어하는 게 분명하다고 단정 짓는다. 새아빠도 어색하긴 마찬가지다.

박다영은 성을 문 씨로 바꾸자는 엄마의 제안을 거절한다. 성을 바꾸면 친아빠와 멀어질 것 같은 다영의 마음을 알기에 엄

마는 강요하지 않는다. 성을 바꾼다고 해서 끈끈한 가족애가
마법처럼 생기는 게 아니기에.

가족이 많아졌다는 건 사랑할 사람이 많아진 거라고 수없이 마
법을 걸었다. 그래도 아이들의 눈빛을 보면 마음먹은 대로 잘되지
않았다. (중략) 사실은 정말 궁금하게 아니라 남의 약점을 끄집어
내려고 하는 속마음을 다 아니까.

박다영은 공개 입양을 당당하게 말하는 최강나라와 달리 친
구들에게 재혼 가정 아이라는 사실을 말하지 못한다. 그게 흠
이 될 것만 같기 때문이다. 절친인 설지혜조차 이상한 가족이라
고 말하는데 남들은 오죽할까. 설지혜처럼 우리도 '평범하다'
의 반대말을 '이상하다'로 치환할 때가 있다. 심지어 그런 판단
을 타인에게 주입한다. 이는 삶의 다양성을 헤치고 상호 간의
공존을 무너뜨리는 섣부른 태도가 아닐까.

"나, 이 집에 사는 거 싫다고. 모두 문 씨잖아. 새로 태어난 봄이
도 문봄이고. 나만 박 씨야. 아이들이 성이 다른데 왜 같이 사냐고
묻는다고. 어떤 애는 이상한 가족이라고 했어. 설지혜는 나하고 친
하면서도 다른 아이들이랑 히죽거렸단 말이야."

나도 모르게 눈물이 찔끔 나오고 목이 메었다. 엄마가 깊이 숨을 내쉬고 눈을 감았다 떴다.

다행히 박다영은 설지혜가 말한 이상한 가족의 노력으로 단단한 결속력을 갖는다. 계기는 고장 난 자전거다. 자전거를 타다 넘어진 박다영을 일으켜 준 건 오빠 문윤호였다. 그날 오빠와 대화다운 대화를 나눈 다영은 작은 관심과 위로가 서로를 이해하는 데 도움이 된다는 걸 깨닫는다. 그 영향으로 다영 또한 병적으로 수다스럽고 식탐 많은 문진호를 애정으로 대한다. 불편함을 무릅쓰고 친아빠를 초대해 가영이의 달리기를 함께 응원한 새아빠 역시 다영이가 가족 속으로 자연스럽게 스며들게 한 동력이었다.

가족이 많아진 건 사랑할 사람이 많아졌다는 엄마 말이 맞았다. 모두 내 가슴에 스며들어 각각의 무늬로 자리 잡았기 때문이다. 시간이 지날수록 가족들의 무늬는 점점 커지고 깊어지고 있다.

세상 모든 가족은 똑같은 무늬가 아니다. 똑같은 빛깔도 아니다. 그러기에 각각의 방식으로 서로를 아낌없이 사랑하고 충분한 위로를 건네는 연습이 필요하다. 연습으로 안 될 게 없다.

존재의 본적을 생각하게 만드는 시들

김영 저, 『파이디아』(한국문연·2020)

문신 (문학평론가·시인)

○산란하는 심정으로

시 한 편 읽는다고 세상이 달라지는 것은 아니다. 세상이 그렇게 호락호락하다면 우리 사는 일이 왜 지지부진하겠는가! 세상의 철벽 앞에 시는 무기력하고 시인의 시 쓰기는 무모한 도전에 불과할 수도 있다. 그럼에도 시를 읽는 일은 우리가 세상의 벽만은 되지 않겠다는 버둥거림이 아닐까?

"젖은 서사는 아무리 구겨도/ 날개를 펴지 않는다"라는 시구를 읽다가 시집을 잠시 덮었다. 점심 무렵 우편물을 찾아왔으니

오후 서너 시쯤이었을 것이다. 9월이었고 맑았고 아무 일 없는 날이었다. 심심하기 그지없었던 날이었는지도 모르겠다. 무방비였던 나는 '젖은 서사'라는 말을 흠뻑 뒤집어써 버렸다. 바야흐로 그날 오후가 온통 흥건해져 버렸다. 이것이 김영 시인의 시 「사물들의 본적」을 만나게 된 정황이다.

"새벽마다 반송되는 나의 미래는/ 언제나 부러진 기억 쪽으로 수납된다"라는 시구는 저녁 어스름이 슬금할 무렵에 읽었다. 낮밤의 기수역에서 마음이 산란했는지도 모르겠다. 무턱 대는 성격도 아닌데 그 구절을 덥석 잡아채고 말았다. "묵음은 모든 불안의 본적이다"라는 구절에 이르러 한 번 더 마음이 삐끗했다. 시를 읽다 보면 주춤거리며 말려드는 경우가 있는데, 이 시를 읽는 일이 그랬다. 이것이 김영 시인의 시 「일어서는 묵음」을 읽고 난 소회다.

○같은 문장, 다른 의미

김영 시인의 시집 『파이디아』에서 두 편의 시를 먼저 풀어놓는 것은 공교롭게도 두 시가 존재의 '본적'을 다루고 있어서다. 본적은 존재의 근원을 확인하고자 하는 제도화된 형식이라는 것을 안다. 나는 누구인가라는 물음에 대응되는 형식인 것이다.

그런데 어찌 된 일인지 김영 시인은 '파이디아(paidia)'를 전면에 내세웠다. 소개하자면 '파이디아'는 무질서한 상황을 즐기는 아이들의 놀이 형식을 어원으로 삼고 있다. 제도화된 존재와 질서 없는 존재 사이에 어떤 연관이라도 있는 것일까?

이것을 해명하기 위해 시집을 꼼꼼 읽었고 곰곰 생각했다. "삶은 규칙 없는 놀이"(「파이디아1-흐르거나 머물거나」)에 닿았다가 "기원이 다른 사유가 한 페이지에 머무르는 것은, 갈등을 부르는 존재 방식이었나 봐요"(「파이디아2-숲이 되는」)를 짚은 후 "세상은 같은 문장을 다른 의미로 읽어주지요"(「파이디아3-대성당」)에 다다라서야 간신히 이해할 수 있었다. 질서와 무질서, 규칙과 변칙이 사실은 다르지 않다는 사실을. '세상'이 인간 존재의 기원이라고 한다면, 그 세상은 질서 있고 규칙적인 '같은 문장'으로부터 무질서와 변칙으로 이루어진 '다른 의미'가 탄생하는 곳이었다. 하나의 뿌리(본적)에서 여러 갈래의 가지를 뻗어 탄생하는 것이 우리의 삶(존재)이라는 생각으로 시집 읽기를 갈무리했을 때는 밤이 깊어 있었다. 밤은 모든 존재의 본적처럼 살아 있는 것들을 흠뻑 빨아들이고 있었다.

이렇게 시를 읽는 일은 자주 나를 돌아보게 한다. 우리의 삶이 어디에 뿌리를 두고 있는지, 우리의 시선이 어디를 겨냥해야 하는지, 우리가 어떻게 살아야 하는지, 시는 가장 인간적인 방식으로 견고한 세상의 벽과 맞선다. 김영 시인의 시집『파이디아』를 읽고 우리 인간의 '본적'이 인간 자체라는 깨달음을 얻었다면 소박한 것일까? 사소할지라도 새겨둘 만한 일이다. 시 읽는 일이 이렇다.

가만히 옆에 있어 주는 것으로

박성우 저, 『컵 이야기』(오티움·2020)

경종호 (시인)

'우-리' 하고 천천히 입술을 열면 입안 가득 장다리꽃 향기가 들어와 고이는 말을 담은 책이 있다. '커커'라는 주인공을 가진 『컵 이야기』다.

'커커'. 대체 무엇이 큰 것일까? 입일까, 귀일까, 하다가 그것은 귀였구나! 했다. 이 책은 시인의 우화고, 동화이니까, 시인은 듣는 사람이니까.

다시 생각하니 눈일 수도 있겠다. 시인은 보는 사람이니까. 모두가 똑같이 보는 것을 자신의 눈 속에서는 자신만의 새로운 형태로 저장하고 꺼내니까.

그러고 보면 시인은 들어주고 보아주는 사람 같다.

이 책을 곁에 두면서 나의 말을 들어주고, 나를 보아주던 많은 사람을 생각한다.

박성우 시인의 이 컵을 가만히 곁에 둔다. 이 컵에는 커다란 '안'이 있다. 그 '안'에 '존재'라는 우주를 한 방울, 한 방울 담아 놓았다.

참 맑은 얼굴, 참 맑은 눈동자를 가진 시인은 화려한 치장을 하지 않았다. 단정하다. 주인공 '커커'가 되어 시인이 삶을 고스란히 보여줄 뿐이다.

쉽게 제자리를 벗어나려 하지 않고 하늘과 밤과 낮, 새와 바람, 흙과 벌레의 말을 들어준다. 넝쿨이 무엇인가를 감고 오르다 감을 것이 없으면 자기 자신이라도 감고 오르는 그 힘으로 삶의 이야기를 한다. 이런 사소한 것들의 움직임이 만물을 이루어 간다는 것을 '들어주는 것만으로도' 보여주려 한다.

책을 소개한다는 것은 꽤 조심스러운 일이 된다. 얕은 지식으로 그것을 포장하려는 것은 아닌지, 어설픈 사고로 그 책을 초라하게 만드는 것은 아닌지 항상 염려하게 된다. 그래서 어설픈 수사 몇 문장으로 치장하는 것보다 그냥 이 책에 담긴 문장을 옮김으로 보다 더 가까이 안내하고 싶다.

―외로움에 익숙해져 외롭지 않은 지도 모르고 외롭지 않기 위해 외로워하지 않는지도 모른다.

―둘은 숨기고 싶었을 자신의 모습을 떳떳하게 드러내는 일로 자신을 더욱 아껴주고 사랑해주었다.

―버릇없이 구는 차차를 커커는 온전히 받아준다. 당연히 그럴 수도 있다고 여기며, 충분히 이해할 수 있다고 여기며.

—내가 먹을 거라고 생각하면 대체로 다 만족스러운데 너에게
　줄 거라고 생각하니 다 부족해 보여. 이런 게 사랑인가?

—외로울 때면 외로운 노래를 듣다가 울었고 외로운 노래를 따
　라 부르다가 더욱 외로워져서 울었다.

—음. 그냥 외로우면 외로운 대로 시간을 보내면 되지 않을까?
　외로움이 지겨워하다 떠날 때까지.

—자신이 이 장면을 놓치지 않고 볼 수 있게 된 것에 감사하며
　울었고. 자신이 아니었다면 꽃잎을 아무도 봐주지 않았을 것
　같아 꽃잎을 안쓰러워하며 엉엉 울었다.

—놓쳤던 마음 하나를 겨우 발견했을 뿐인데 걸음이 경쾌해지고
　머리가 상쾌해진다.

　이 책의 주인공 커커는 '나'이고 '너'가 되어 '우리'를 보여준
다. '이렇듯 저마다 자리에서' 들어주고, 담아주는 사람이라는
것을 알려준다. 그렇게 곁에 있어 준다는 것만으로 서로가 행복
해질 수 있다고 말하는 책이 지금 우리 곁에 온 것이다.

필멸하는 존재에 대한 소고

안성덕 저, 『깜깜』(걷는사람 · 2023)

기명숙 (시인)

○사라지는 것을 수집하는 애틋함이여

나는 오후의 정적과 태양의 스러짐을 배경으로 산책하기를 즐긴다. 산책길에 간혹 무덤을 만나기도 하는데 묘지의 검고 흰 묘석이 삭아 날아다니는 먼지를 보며 생의 덧없음과 필멸의 자유를 자각하는 것이다. 가볍게 충돌하는 생과 사의 의지, 한편에선 보란 듯이 재생하는 자연의 갈피들을 보며 영원과 순간의 교차점, 묘지를 경이롭게 바라보는 것이다.

스트리밍 디지털 매체로 음악을 소비하는 방식은 음악을 잠시 대여하는 것이다. 그에 반해 아날로그 방식 LP는 시간개념부터가 다르다. 턴테이블 빙빙 도는 동그라미에 생채기를 내면 치어 떼처럼 싱싱한 추억이 몰려온다. 이때 추억은 소장 가치가 있는 현재의 '내 것'이 된다.

음악 애호가 안성덕 시인은 수많은 LP를 소장하고 있다. 나는 『깜깜』위에 바늘을 올린다. "동그라미 속 동그랗게 밀려나는 축음기판 소리골에서 옛이야기를 듣는다 낙숫물이 그리는 동그라미 속 동그랗게 갇혀 소년은 옴짝달싹 못 하고"(「소년은 어디 갔나」) 시인이 수집하기로 한 시간대는 과거다. 아릿한 풍경을 소환하는, 부재와 존재의 괴리가 주는 애틋함에 뜨거워진다.

○감응하는 방식이 인간을 넘어 자연물로 확장

누구라도 필멸은 받아들여야 한다. 그러나 시인은 존재가 사라지는 것을 '아름다움의 절정'에 이르는 궁극이라고 말한다. "꽃이란 꽃 죄다 집니다 덩굴장미가 졌고 접시꽃도 집니다 시들기 위해 피어난 꽃, 열흘을 못 넘고 져야 꽃입니다"(「꽃이 집니다」), "기저귀에 저린 간밤처럼 애기똥풀 노랗게 번진 은빛 요양원 언덕바지 개나리꽃 이미 졌고요"(「개나리꽃 이미 졌고요」)는 갓난쟁이처럼 요양원의 노인은 애기똥풀 같은 것을 노랗게 지리고 사라졌다. 시간의 괴리가 주는 안타까움과 대상에 대한 그리움이 침잠된 가운데 "철 지난 청춘처럼 흔적뿐인 철길 옆 접시꽃 시들었네 춘포역 플랫폼 소리 없이 기적이 우네"(「춘포역」)의 '시적 질감'은 비장미로 가득하다. 반면 "진달래 꽃망울이 영락없는 성냥알이네요 사나흘 봄볕에 그어 대면 확, 온

산을 태우겠습니다"(「꽃불」)은 정신과 육체의 불일치(균열) 속에서도 정염(情炎)을 드러내는 숭고미의 절정, 서정시를 한 단계 갱신했다고 봐야 할 것이다.

○초월과 영원의 세계를 꿈꾸는 시인만의 방식

인간은 죽어 태어난 직후로 순환할 수 있을까? 하는 명제는 회의적이지만 안성덕 시인은 사라져간 것들과의 교감을 통해 소멸이 과거의 분열이 아니라 생성의 지표임을 말하고 있다. 하여 스크래치가 심해 좀 지직거리면 어떤가! 새삼 독자들도 과거로 역주행, 태생적 그리움을 달랠 수 있을 것이다.

> 반질반질 마루가 윤나던 집 숟가락 통에 숟가락이 많던 집 내
> 태가 묻혀 있는 도란도란 양철 대문 집(「양철 대문 집」)

『깜깜』은 세월의 지층이 쌓이면서 생긴 흔적들을 채집하고 보존해 온 사진첩이요 가슴팍을 지직거리는 추억의 음반이다. 시간의 골을 타고 흘러내리는 매재(媒材)가 사유의 발화점이 되어 심연을 울리고 병증을 헤아려 준다. 경험상 엘피판에 바늘을 갖다 대는 순간의 쾌락을 잊지 못한다. 죽은 자의 목소리가 부

활하고 소멸하는 존재가 생생하게 되살아날 걸 알기 때문이다.

안성덕의 시집『깜깜』은 삶과 죽음의 동시성이 갖는 모순 형용, 사라져간 것들에 대한 절실한 감정들이 동그라미 속에서 흘러나온다. 그 시그널을 좇다 보면 과거와 현재가 삼투압, 생의 쓸쓸함을 견디는 이 극진한 방식이 독자의 가슴을 휘어지게 할 것이다.

누구나 하나쯤 감추고 싶은 이야기가 있다

박지숙 저, 『우리들의 히든 스토리』(단비어린이 · 2024)

김영주 (동화작가)

박지숙 작가의 작품집 제목은 늘 감탄스럽다. 이번에는 '히든'이란 단어에 끌렸다. 작가의 말대로 저마다 '히든 스토리'는 있다. 작품을 읽다 보면 세 주인공의 비밀뿐 아니라, 부모님이 들려주지 않으면 모를 나의 비밀까지 궁금해진다.

작품 속 안나는 항변한다.

왜 다들 나를 다문화라고 하는 거야? 날 반쪽짜리 한국인 취급하지 마. 난 하프(half)가 아니라 보스(both)라고! 게다가 난 우크라이나 왕족의 혈통인데 왜 몰라주는 거지?

안나는 한국인이면 한국이지 다문화 한국인이라 꼭 집어 부르며 다른 무리로 분리하는 기분에 속이 상한다. 그런 마음을 안나는 반 아이들 앞에서 당당히 말한다. 이 부분을 읽는 순간 하나의 기억이 떠올랐다.

한 학교에 동시 수업을 할 때였다. 아이의 동시에 이렇게 쓰여 있었다.

　3학년 때 담임선생님이 다문화 아이들을 안 좋아해서 엄마가
창피했다. 엄마는 하얼빈에서 왔다. 한국말을 잘하는 엄마가 지금
은 자랑스럽다.

　나는 솔직하게 잘 썼다고 아이를 칭찬했다. 그러자 다른 아
이들도 비밀을 털어놓듯 외국인 엄마 얘기를 소재로 쓰기 시작
했다. 일일이 잘 썼다는 말을 건넸다. 아이들은 무척 기뻐했다.
그때 일로 안나의 마음을 가늠할 수 있었다.

　수업하러 가기 전에 반드시 알아보는 게 있다. 다문화, 한부
모 세대, 조부모 가정, 한글을 쓰지 못하는 아이 등등 수업 중에
참고할 사항들이다. 그런데 점점 참고 사항에 해당하지 않은
아이를 찾는 게 어렵다. 날 세워 구분 짓던 것들의 경계가 흐릿
해지고 있다는 얘기다. 그만큼 상처받는 일도 적어지길 바란다.

　출생의 비밀 때문에 한별은 답답하다. 엄마는 긴 상자를 산
타가 놓고 갔다느니, 펠리컨이 아기 보따리를 열린 창문으로
내밀었다느니 하며 한별을 헷갈리게 한다. 출생에 대한 궁금증
이 더해지면서 두려움도 커졌다. '다리 밑에서 데려왔다. 자꾸
울면 다시 다리 밑에 두고 올 거다.'는 말로 흔히 다그쳤던 옛날

도 아니고, 한별 엄마는 무엇 때문에 한별에게 출생의 비밀을 털어놓지 않은 걸까? 한별만큼이나 독자도 그게 큰 궁금증일 것이다.

요셉은 다른 엄마에 비해 나이가 많고 요셉의 일에 발 벗고 나서는 엄마가 그리 반갑지 않다. 나도 아이를 늦게 낳아서 요셉의 엄마가 이해된다. 엄마를 부담스러워하는 요셉도 일면 이해된다. 어릴수록 젊고 교양 있는 엄마를 꿈꾸는 걸 모르지 않기 때문이다.

책 표지에 맥주 캔을 들고 행복해하는 엄마들의 유쾌한 모습이 눈에 띈다. 그들을 궁금증과 불만 가득한 눈으로 안나, 한별, 요셉이 내려다보고 있다. 대비되는 그들의 모습에 책 내용이 더 궁금하다. 어쩌면 주인공은 여섯 명이지 싶다. 부모와 아이는 서로를 통해 함께 성장하기에.

제목이 '히든 스토리'인 만큼 스포일러는 그만해야겠다. 다만, 세 명의 '히든 스토리'에는 서로를 향한 '사랑과 위로'가 숨김없이 드러난다는 것만은 확실하다. 축복받고 태어나지 않은 사람은 없다고 알려주는 흥미롭고, 따뜻한 이야기 속 안나, 한별, 요셉의 성장을 기대한다.

작은 나무야, 고마워

포리스트 카터 저, 조경숙 역 『내 영혼이 따뜻했던 날들』

(아름드리미디어 · 2019)

오은숙 (소설가)

○흐린 날 오후

늦은 산책 하러 나갔다. 안개 낀 호수 공원을 느리게 걸었다. 축 늘어져서 아무래도 힘이 나질 않아, 이럴 때 누군가 등이라도 토닥여 준다면, 글쎄. 깊은숨을 몰아쉬며 비척비척 걸을 때 청둥오리 떼가 얼어붙은 호수 위로 내려앉았다. 쉬어 가는구나. 나도 잠시 걸음을 멈췄다. 키 높은 메타세쿼이아를 올려다보았다. 안개에 잠겨 나무 끝이 보이지 않았다. 메타세쿼이아라는 이름 대신 안개에 잠긴 나무를 생각하며 걸음을 옮기는데 우는 바람 소리, 주먹 쥐고 일어나, 작은 나무 같은 인디언 이름이 떠올랐다. 작은 나무는 어른이 되어도 작은 나무로 불릴 텐데 괜찮을까.

이름이 한정하는 개인의 특징을 생각하다 사이를 두고 입가에 미소가 번졌다. 작은 나무는 어른이 되어도 영혼의 성장을 멈추지 않고 계속해서 자랄 테니까 작은 나무여도 괜찮아.

"아빠가 세상을 뜨신 지 1년 만에 엄마도 돌아가셨다. 나는 할아버지, 할머니와 함께 살게 되었다. 이때 내 나이 다섯 살이었다"로 시작하는『내 영혼이 따뜻했던 날들』은 아메리카 인디언 중 체로키족인 작은 나무가 조부모와 살면서 체로키족의 생활방식을 배우는 이야기다. 정부에서 지정한 인디언 보호구역이 아닌 깊은 산에 살면서 다섯 살 꼬마가 아홉 살이 될 때까지 무얼 배울 수 있을까.

ㅇ그러나 아이는 너무도 많은 것을 배운다

계곡을 흐르는 물, 새, 나무들의 언어를 배우고 일부러 걸음을 늦춰 아이가 따라올 수 있도록 시간을 벌어주며 잠자리에서 일어날 때도 스스로 일어날 수 있도록 분위기를 만들어주던 할아버지를 통해 진짜 어른의 모습을 배운다. 할머니가 읽어주는 도서관에서 빌린 책을 통해 세상 이야기를 듣고 문학을 배운다. 진짜 어른처럼 보이던 할아버지도 때로는 욕하고 고집불통이 될 수 있다는 것을 배우고, 절제와 사랑 가득한 조부모가 위스키 업자들이 찾아와 분란을 일으키자, 그들을 조용히 쫓아 보내는 방법을 배운다.

소수자, 약자이기에 고통받고 왜곡된 역사를 짊어질 수밖에 없는 부조리에 대한 고민은 뒤로 미룬다. 작은 나무에게 나쁜 일이라곤 없다. 매번 성장의 기회로 삼는다. 조부모와 떨어져 고아원에 가게 되지만 그곳에서 늑대별을 통해 몸이 멀어지면 마음도 멀어지는 것이 아니라 "네가 어디에 있든 우린 함께 있는 것"이라는 눈에 보이지 않는 것에 대한 가치와 신념도 배운다.

"이번 생은 망했다"처럼 소비되는 생이 아니라, "이번 삶도 나쁘지는 않았어. 작은 나무야, 다음번에는 더 좋아질 거야. 또 만나자"(657쪽)와 같이 죽어가는 이의 삶이 나쁘지 않은 것으로 재생산되는 것도 본다. "언제나 앞장서서 걷던 할아버지의 모습은 이제 어디에도 보이지 않았다. 나는 세상이 끝장났다는 걸 알고 있었다"(657쪽)라고 말했지만, 작은 나무는 알았을 것이다. 한 세상이 끝장난 후 또 다른 세상이 펼쳐진다는 것을.

힘든 시기에 따뜻한 말 한마디가 절실하지만 나 같은 사람은 그것이 생각만큼 쉽지 않다. 실질적인 도움이 안 되니 공허할 뿐이라고 생각하거나 정작 자신은 받지 못한 위로를 건네자니 손해를 보는 것 같아 주저하기도 한다. 그런데도 위로와 응원을 전하고 싶다는 마음은 사라지지 않는다. 그 마음을 전하기에 책 한 권이면 충분하다는 사실이 경이롭다.

『내 영혼이 따뜻했던 날들』을 구매한 뒤에야 포리스트 카터 (1925 1979)라는 저자의 이름을 알게 되었고, 그가 오래전에 읽은 아파치족 추장의 생애를 다룬 『제로니모』의 작가라는 사실에 더 반가웠다.

꺼내지 못한 서랍 속 실타래

김헌수 저, 『마음의 서랍』(다詩다 · 2022)

이경옥 (동화작가)

우리는 일상을 살아가면서 자신의 감정을 속속들이 표현하는 일보다 드러내지 못하는 경우가 많다. 이렇게 표현되지 못한 혼잣말들은 밖으로 나오지 못하고 가슴 속을 떠다닌다. 누군가는 이 혼잣말들이 모인 곳을 마음속 서랍이라고 지칭했다. 그러면서 서랍을 열어보라며 손을 내밀었다. 따라오라고.

김헌수 시인이 시화집 『마음의 서랍』을 냈다. 늘 실험적인 작품을 선보이는 시인이 이번에 선보인 책의 부제는 '필사 펜드로잉'이다. 시화집은 독자들의 꽉 묶인 마음의 실타래를 시인의 발걸음을 따라 필사하며 풀어내도록 유도한다.

살아가면서 하고 싶은 말을 다 하고 사는 이들이 얼마나 될까? 어쩌면 말하지 않고 꼬깃꼬깃 무의식 속에 쟁여놓는 일이 오히려 마음 편할 때가 많은 게 삶인지 모른다.

시인을 따라가다 보면 말의 빗장을 마음껏 열 수 있게 한다. 시집은 네 개의 서랍으로 나누어져 있다. 각각의 서랍을 열 때마다 향기가 다르다.

○빗장이 열리는 순간

첫 번째 서랍을 열어보니, 봄이 오면 삶의 눅눅한 것들을 햇볕에 말리라고, 터무니없이 견딘 세월을 내보이라고 말한다. 시인은 스스로 단어와 문장을 창밖 빨랫줄에서 견디게 해야 한다며 먼저 시범을 보여준다.

〈새털구름 같은 마음〉
우울한 시절을 건너가는 요즘,
짱짱한 햇빛 아래 마음을 널어두고 싶어요

서랍 안에는 자신의 시간만 있는 게 아니어서 당신들의 생각으로 온종일 채웠던 시간도 켜켜이 쌓였으므로, 이제는 훌훌 털어버리라 한다. 시인의 삶이 단어와 문장 틈 사이로 엿보이는 구절들이다. 그렇게 서랍 안에 들어있던, 나와 당신들을 묶어두었던 삶을 먼저 풀었다.

두 번째 서랍 안에서 유독 사람을 찾는다. 사무쳐 오는 이름들을 부르고 있다. 바다에서, 역에서, 비가 내리는 날에, 이국적인 '이호테우 해변'에서. 그러다가 서걱거리는 연필을 붙잡고 네가 아닌 나를 위해 살겠다고 아우성쳐 보기도 하지만 결국 사무치는 것들의 이름을 껴안는다.

사람 안에서 살기 때문에, 모든 희로애락의 근원이 사람일 수밖에 없다. 그래서 모든 걸 잊고 싶어 하며 홀홀 털어버리려고 하지만 사람을 떠날 수 없음을 확인한다. 시인은 삶 속에서 숱한 다짐을 하며 서랍을 열었지만 결국 사람과 함께 할 수밖에 없는 마음을 어쩌지 못한다.

〈바다를 가고 싶다는 말을 자주 했지〉
사는 데 필요한 인연은 많지 않아도 된다고
죽음처럼 외롭게 사는 거라고
몰래 다녀가면 아프지 않을 테니까
사랑도 그랬으면

사람을 비켜내고 수많은 것을 대상화하며 안심했지만, 사람 안에는 사람이 들어와야 살아갈 수 있음을 힘없이 툭 던진다. 맞다. 사람이 없는 틈에는 허전한 바람이 자리할 테니까.

세 번째 서랍은 '그리움'이 가득 차 있다. 시인의 완숙된 삶 속에서 지나간 것을 꺼내 결국 '그는'이라는 선명하고 입체적인 서랍 속을 보여준다. 지면상 전문을 실을 수는 없다. 하지만 세 번째 서랍 안의 '그는'은 모든 사람의 마음에 하나쯤 있을 거라고 여긴다. 우리 대신 시인이 '그는'을 데려왔다.

　네 번째 서랍은 독자들이 찾아서 읽기를 권하며, 한 줄 시로 대신한다.

당신과의 원거리를 보기 위해 현미경을 들여다봤지

존엄의 코드, 식물적 삶을

김정임·전희식 저, 『똥꽃』(그물코·2023)

지구 곳곳에서, 인류는 이런저런 이유로 다른 목소리와 생태로 살아가며 갈등과 경쟁을 반복하다가도 서로를 그리워하고, 의지하고, 돌본다. 혼자이든 둘이든 여럿이든, 사회 공동체라는 스펙트럼에 고였다 사라진다.

○어머니가 그린 그림

『똥꽃』은 원시적인 모자(母子)간의 이야기이며 둘의 이야기이다. 그 모자의 일상을 따스한 시선으로 쫓을 때야 비로소 독자는 자기 삶의 사다리 역시 조금은 더 수월하게 오를 수 있음을 깨닫는다.

저자 전희식은 "가족을 돌보고, 요양원을 지키고, 누군가를 챙기느라 수고하는 분들께 위안이 되기를 바라는 마음을 담아 15년의 시간차를 두고 개정판"을 냈다고 한다. 초판에서 개정판으로 재구성되기까지의 십몇 년의 시간 사이에는 전희식, 김정임 두 저자의 생(生)과 사(死)가 있다. 멀찌감치 파도가 밀려간 해변을 걷다, 이미 사라진 물결의 각인을 발견했을 때의 가슴 아린 그리움처럼 어머니와 아들의 시간이 부려놓는 삶의 깊이에 저절로 숙연해지고 만다. 어머니와 2년 가까운 날의 일상을 초판으로 읽었던 독자라면 어머니와 함께한 6년여의 세월 이후 추모의 시간까지, 숨은 그림처럼 덧붙여진 이야기를 찾는 재미도 있다. 어머니를 돌보던 아들의 깨달음은 수없이 많은 아포리즘으로 완성되어 마치 소설 같기도 한, 모자의 이야기는 독자의 가슴에 생생하게 부딪혀온다.

전 권에 흐르는 모자의 에피소드는 큰형님 집에 사시는 어머니를 찾아뵌 어느 날로부터 시작된다. 어머니의 환각 증상을 접했을 때의 충격은 아들의 말을 거둘 만큼 컸다. 당신 삶의 여정을 기억하지 못하거나 무시당한다고 느꼈을 어머니의 좌절감을 생각해 본다. 치매란 가족 모두에게 있어 당황스럽고 난처한 일임은 분명하다. 어머니가 그린 똥꽃을 생각하면 그렇다. 그렇다고 해서, 그것을 고통이나 아픈 감정으로 연결 지어 돌봄이 힘들다는 것으로 귀결시키는 것은 신중해야 할 일이다. 아들은 어머니의 치매를 "포기한 삶의 틈새로 끼어든 이물질들"이라고 결론 냄으로써 진정, 어머니의 망각을 "잠재된 고의"였다고 이해한다.

○존엄의 코드

　필자는 이런 생각이 든다. 노쇠한 몸을 더는 통제하지 못하기에 느끼는 참담함에 이어 자신을 수용하는 대신 자신의 기억을 거세시킴으로써 일탈에 성공하는 것이 치매가 아닌가 하고. 사회적 존재로서 살아온 당신의 존엄을 침해당하지 않기 위한 거스를 수 없는 손실, 꼬리 밟힌 도마뱀이 몸의 일부분을 포기하듯 무의식적 자아가 자신의 기억을 내치는 건 아닐까 하고. 우리가 즐기는 '알아서'의 코드를 작동시켜, 통제되지 않고 자율적으로 움직이는 세포들이라서 그랬을 거라고. 인간의 육체에 담긴 가늠할 수 없는 수의 우주의 작업 방식이라고. 모자의 관계는 선택할 수 없는 일이라 해도 무엇보다 자신의 존엄을 위해서 식물적 삶을 산다고, 이렇게 말이다.

　공동 저자인 어머니와 아들의 일상을 보면, 현재를 재조합하는 설계자가 되는 어머니와 그 세계의 파동으로 같이 순항해 가는 아들의 극적인 돌봄의 경지에서 독자도 덩달아 환희를 경험하게 된다. 치매를 겪는 어머니의 세계를 아들이 사는 평행 세계 어디쯤이라고 상상한다면 놀랍게도 분명, 우리가 유레카라고 할 수 있는 존엄의 키워드를 찾아낼 수 있다.

지금은 생명을 바라보는 마음이 필요한 시간

김성호 저, 『생명을 보는 마음』(풀빛·2020)

장창영 (시인)

○내 마음에 새가 날아올 때

2월이면 겨울 철새가 줄어드는 시기이다. 북방의 매서운 추위를 피해 남쪽으로 내려온 새들이 하나둘씩 떠날 준비를 하는 시기이기도 하다. 얼마 전 만경강에 간 적이 있다. 아니나 다를까. 새들의 수가 겨울철에 비해 많이 줄어 있었다. 눈물 나는 이별의 시간이 온 것이다.

만경강처럼 넉넉한 강은 흰뺨검둥오리를 비롯해서 민물가마우지, 흰비오리, 쇠오리, 청둥오리, 홍머리오리, 백할미새, 기러기와 괭이갈매기까지 품는다. 운 좋은 날은 귀한 노랑부리저어새나 황새까지 볼 수 있다. 내가 만경강을 찾는 또 다른 이유는 쇠부엉이를 보기 위해서이다. 이맘때면 오후 느지막한 시간에 쇠부엉이는 만경강 억새 위를 날아다닌다.

아쉽게도 바람이 심한 날에는 쇠부엉이를 볼 수 없다. 그렇게 하루를 거른 날이면 쇠부엉이는 너른 들판을 날아다니며 허기진 배를 한껏 채운다. 말똥가리나 독수리처럼 하늘을 높이 나는 새들에게는 느낄 수 없는 분명한 매력이 쇠부엉이에게는 있다. 쇠부엉이는 춤추듯 들판을 가로지르며 강가를 넘나들고 다시 먹이를 찾는다. 그 모습은 마치 하늘을 헤엄치는 듯 하기도 하고 구석구석 순찰이라도 나선 느낌이 든다.

○기다림이 주는 선물들

나는 쇠부엉이가 지나간 허공을 한참 동안 보았다. 그렇게 또 기약 없이 쇠부엉이를 기다리면서 문득 『큰오색딱따구리의 육아일기』를 쓴 김성호 작가가 떠올랐다. 50일간 딱따구리를 기록하고 보고 기록한 이 책에는 저자의 새에 대한 애정이 곳곳에 스며 있다. 새를 관찰하기 위해 휴직까지 감행한 그 열정에 더해 긴긴 시간 새를 만나며 산에서 살다시피 한 그 마음이 글에 온전히 묻어나온다. 거기에 '자연에 깃든 생명을 만나며 쉼 없이 글과 사진을 남겼지만 처음 책이 나오기까지는 18년이 걸렸다.'라는 우직함도 믿음직하다.

이후에 나온 저자의 다른 책 『생명을 보는 마음』은 작가의 푸근했던 어린 시절로 우리를 인도한다. 그런 추억을 간직한 이를 질투 나게 할 만한 글이 사방에 넘실거린다. 하지만 그게 전부가 아니다. 함평 나비축제와 화천 산천어축제 이야기에 이르면 마음이 불편해진다. 어떤 이에게는 불편할 수 있지만 우리가 같이 고민해야 하는 문제이기도 하다.

이 책의 강점은 자연에 대한 새로운 이해와 열린 시야를 가능하게 해준다는 점이다. 책을 읽고 있노라면 이제 곧 세상을 환하게 비출 복수초와 산자고, 동고비와 큰오색딱따구리가 눈앞으로 한 걸음 더 다가온다. 봄에는 그동안 잊고 지내던 자연의 숨은 이야기를 들려주는 저자를 우연히라도 만나고 싶다.

아프다고 말하자, 함께

이유진 저, 『몸이 말하고 나는 쓴다』(마고서가·2021)

최아현 (소설가)

○고된 것은 사실이다

언젠가 다른 글에서 아토피를 앓고 있다고 말한 적 있다. 아토피가 삶을 어렵고 비참하게만 만드는 것은 아니라고 덧붙이면서. 물론 삶의 태도와 방식 중 몇 가지를 아토피로부터 배운 것은 사실이지만 일상생활에서는 아토피 때문에 고되고 우울한 날이 조금 더 많다.

『몸이 말하고 나는 쓴다』는 아토피, 글쓰기, 페미니즘을 골자로 작가의 투병 경험을 솔직하게 적어낸 에세이다. 아토피를 앓는 동안 겪은 치료 경험이나, 일상적으로 마주치는 상황, 자기 몸에 대해 말하는 것을 읽다 보면 가끔은 공감의 웃음이 터져 나오기도 했다.

만나는 사람마다 '아토피 박사'를 자처하며 나를 구원해주고 싶어 안달이다. (중략) 그들의 말을 일일이 들어주기엔 너무 지루하고 짜증나는 것이 사실이지만, 그렇다고 "제발 닥쳐"라고 말하기엔 내가 아직 교양과 이성을 잃지 않았으므로 최대한 입꼬리를 올리려고 노력하며 한 귀로 듣고 한 귀로 흘릴 뿐이다.

나도 종종 이런 마음이 들 때가 있지만, 내 성격이 모난 탓이라 자책할 뿐이었다. 답답한 곳을 긁어주는 저자의 속 시원한 말에 어찌나 웃음이 나던지. 함께 내 마음에 공감한다고 말해주는 것 같아 책을 넘기는 동안 자주 웃었다.

○아프다고 말하는 것도 도움이 된다

오랫동안 나의 피부를 보며 걱정하고 안타까워하는 이들을 위해 반복해서 괜찮다고 말하는 것에 익숙해졌다. 긍정적으로 말하는 것이 정서에 좋다는 믿음이 있었고, 나로부터 시작된 여러 겹의 걱정을 해소하고 싶었다. 계절이 바뀌어 그렇고, 날씨가 요란한 탓이라고. 하지만 괜찮은 날도 많다고. 그렇게 괜찮은 날을 나열하고 괜찮을 때를 설명하면서 느끼는 것은 점점 더 강한 무력감이었다. 이런 피부와 계속해서 살아가야 한다는 것. 실은 괜찮지 않은 날이 삶의 대부분이라는 것. 그나마 나은 상태에 만족해야 한다는 것.

아주 오랫동안 마법 같은 순간을 기다렸다. 한순간에 깨끗해진 몸, 하얀 피부, 누구도 이상하고 추하다고 여기지 않는 얼굴이 되기를 간절히 바랐고, 그것이 좌절될 때마다 내가 나라는 사실을 부정하고 싶었다. 고통에 대해 말하는 법을 배우기 전에 고통 자체가 수치스러운 것이라 여겼다.

저자가 말하기를 시작한 것은 글쓰기를 통해서였다. 오는지 마는지 알 수도 없는 마법 같은 순간을 막연하게 기다리는 것보다 지금의 자신을 말하고 일으켜 세우는 글쓰기를 선택했다. 그렇게 찬찬히 쌓은 기록을 엮어 책으로 냈다. 이 책을 읽으며 최면 같은 위로도 필요하지만, 냉소적이고 솔직한 감상도 큰 위로가 됐다.

이 고통이 나 혼자만의 것이 아님을 알게 되자 나는 덜 수치스럽고 덜 외로워졌다. 그래서 나도 함께 말하고 싶다. 나와 타인 모두를 잠식하는 이 혐오감을 조금씩 덜어내고 싶다. 여기에도 당신과 같은 사람이 있다. 길거리에서 나와 같은 얼굴, 나와 같은 몸을 가진 사람들을 만날 날을 기다린다.

저마다의 몸과 얼굴, 우울과 불안은 다른 모습을 하고 있을 테다. 그래서 더 많은 이야기를 나누며 각자의 삶이 존재한다는 사실을 공유할 수 있으면 좋겠다. 빛나는 성공 사례 말고도 모나더라도 꾸준히 오늘을 견디는 이야기들 말이다.

아직 닿지 않은 미래가 설렘으로 다가왔다

탁경은 저, 『러닝 하이』(자음과모음 · 2021)

황보윤 (소설가)

모든 운동에는 어느 정도 육체의 고통이 뒤따른다. 가장 무난해 보이는 걷기조차 오래 걸으면 발목이 아프고 발바닥이 당긴다. 그래서 운동을 시작할 때는 고통을 대신할 재미를 찾게 된다. 팀을 이루거나 짝을 지어서 하는 구기 종목은 서로 몸을 부딪고 말을 섞을 수 있어서 힘들지만 즐거울 수 있다. 반면 달리기는 자신의 한계에 도전하는 고독한 운동이라 하겠다.

탁경은 작가의 청소년 장편소설 『러닝 하이』는 달리기를 통해 성장해 가는 두 소녀의 이야기다. 서하빈은 자신이 입양아라는 사실을 알게 된 다음 날 러닝 크루를 검색한다. 충분히 사랑받고 자랐음에도 갑자기 외톨이가 된 듯했고 자신을 버린 친부모 생각에서 벗어날 수 없었다.

하빈이 휴학하겠다고 했을 때 양부모는 사랑하는 딸의 결정을 존중한다. 하빈은 '러닝 하이'라는 러닝 크루에 가입하고 달리기를 시작한다. 러닝 크루는 주말마다 각자의 사연을 안고 모인 이들이 만나 정해진 구간을 달린 다음 쿨하게 헤어지는 모임이다.

하빈은 그곳에서 두 살 아래의 권민희를 만난다. 민희는 스스로 존재감이 없다고 믿는 아이다. 남자애들은 민희의 살찐 외모를 비하했고 맞벌이하는 부모는 바쁜 엄마를 대신하여 살림을 도맡은 딸의 수고를 인정하지 않았다. 민희는 러닝 크루 첫날 겨우 2킬로미터 지점에서 주저앉는다.

두 소녀의 두 번째 만남은 마포대교 위에서 이루어진다.

민희는 답답함이 턱밑까지 차오르면 마포대교까지 홀로 걸었다. 대교 위에서 강물을 바라보면 막힌 가슴이 뚫렸다. 하빈은 매주 금요일마다 마포대교를 지켰다. 여섯 살 위의 오빠가 하던 일이었는데 얼마 전부터 하빈이 하겠다고 나섰다. 대교에서 투신하려는 사람들을 돕기 위해 시작한 일이었다.

그날 다리 위에서 만난 하빈과 민희는 조금 더 친해진다. 마포대교는 상징적이다. 위로가 필요한 두 소녀를 멘토와 멘티로 맺어준 연대의 다리이기 때문이다.

크루(crew)는 공통된 목적을 위해 모인 사람들의 집단이다. 함께 모여서 달리는 과정에서 이들의 달리기는 홀로 운동이 아니라 팀 운동이 된다. 민희는 크루에서 하빈과 설이 언니와 하나 언니를 만나 자신의 숨겨진 재능을 발견한다. 그들은 민희의 요리 솜씨와 특별한 미각을 최고로 인정해 준다. 하빈 역시

이들과 어울리며 입양아라는 충격에서 조금씩 벗어난다.

"나 스스로에게 잘 대해 주기로 했어. 그래야 남들도 날 소중하
게 대할 테니까."(194쪽)

하빈의 말은 민희를 위한 위로이기도 했다. 민희는 집에서나
학교에서나 그 어디에서든 한 번도 1순위였던 적이 없었다. 하
빈의 말은 원망과 분노로 가득했던 민희의 마음을 움직였고 마
침내 '아무도 날 칭찬해 주지 않으면 스스로 칭찬해 주면 된다.'
는 답에 이르도록 한다.

두 소녀 하빈과 민희, 취업 준비생 설이 언니와 하나 언니는
앞으로도 계속 달릴 것이다. 혼자가 아니어서 오래 달릴 수 있
을 것이다.

탁경은 작가는 저마다의 성장통으로 날마다 자신의 존재를
지워가는 청소년들에게 함께 달리자고 연대의 손을 내민다. 독
자들에게도 홀로 뛰는 아이들의 러닝 크루가 되어달라고 청하
고 있다. 세상의 모든 하빈과 민희가 자신의 빛나는 가치를 깨
닫도록, 아직 닿지 않은 미래를 설렘으로 맞이할 수 있도록 말
이다.

2부

오늘을 살게 하는 희망 노래

별과 우주와 하늘과 형

칼 세이건 저, 『코스모스』(사이언스북스 · 2006)

안성덕 (시인)

유년에는 별이 많았다. 여름밤 멍석에 누워 올려다본 하늘에 쏟아질 듯 가득했다. 별을 따고 싶었다. 별처럼 반짝이고 싶었다. 장대 들고 뒷동산에 올라가면 몇 개쯤 어렵잖게 딸 수 있을 것 같았다. 어서 어른이 되고 싶었다. 알퐁스 도데의 별, 윤동주의 별, 이문구의 별, 가람 이병기의 별, 초롱초롱 별이 참 많았던 시절이 있었다. 여행자에게는 길을, 농부에겐 씨 뿌릴 계절을 알려주는 별, 은하계에 별이 10^{11}개란다. 그런 은하가 우주에 10^{11}개란다.

무겁고 두꺼운 책 『코스모스』는 "광막한 공간과 영겁의 시간 속에서 행성 하나와 찰나의 순간을 앤과 공유할 수 있었음은 나에게는 커다란 기쁨이었다."라는 문장으로 시작한다. 저자 칼 세이건이 아내이자 동료 과학자인 앤 드루얀에게 바치는 고백이다.

'영겁의 시간'과 '찰나의 순간'은 대체 무어란 말인가? '겁'은 사방 사십 리 바위를 비단옷을 입고 백 년에 한 바퀴씩 돌아 옷

소매에 그 바위가 닳아 없어지는 시간이며, '찰나'는 소수점 아래 18번째 자릿수라고 한다. 우주는 영원하고 우리 인간은 한없이 하찮다는 말 아니냐.

칼 세이건의『코스모스』는 13개 장으로 구성되어 있다. 누구에게는 역사책으로 읽히고 또 누구에게는 과학책, 철학책으로도 읽힌다. 어느 장은 술술 읽히고 어느 장은 비탈을 기어오르는 듯 턱턱 숨이 차오른다. 천체 물리학, 신화, 철학, 윤리 등에 해박한 저자가 쓴 과학책 아닌 과학책이기 때문이리라. 현재도 팽창 중이라는 우주, 50억 년 후면 백색왜성이 되어 사라진다는 태양, 도무지 실감할 수가 없다. 우주적 관점에서 보면 한없이 하찮은 존재인 인간은 또 무엇이란 말인가? 기껏해야 100년도 못 살고 가는 우리는 대체 무엇이란 말인가? 우주를 알게 되면 경이로움을 느끼게 된다고 한다. 허무함을 느낀다고 한다. 우리는 어떻게 살아야 하는 걸까, 고민하게 된다고 한다.

'코스모스'라는 말은 기원전 5세기 때 피타고라스가 "우주는 어떤 질서로 움직인다"라며 카오스와 반대 개념으로 처음 사용했다. 꼭 한번은 읽어야지 하고 책장에 꽂아두지만 잘 읽지 않는, 잘 읽히지 않는『코스모스』는 천문학을 철학적인 내용과 결합해 대중의 수준에 맞춰 썼다지만 지루하고 어려운 책이다. 빅뱅과 별들로 가득한 우주와 태양과 지구의 생성, 지구에 번개와 자외선과 물이 풍부해 수많은 화학작용으로 생명체가 탄생했다고 한다. 인간은 100조 개의 세포로 이루어졌으며 그 세포는 탄소, 수소, 산소 등의 원자란다. 은하계의 먼지 같은 별이 태양이며, 그 주변을 도는 '창백한 푸른 점'이 우리가 사는 지구란다. 허무하다. 거대한 우주 속 먼지 같은 한 점 지구, 아웅다웅해보지만 우리는 하찮은 존재임이 분명하다. 그러나 하찮은 존재라는 사실을 깨쳐가는 그 하찮은 존재는 위대하다.

벌써 십수 년 전의 일이다. 지금은 나보다 어린 형이 숨이 안 쉬어진다며 퍽, 퍽, 주먹으로 가슴팍을 쳤다. "형, 하늘을 한번 올려다봐!" 위로 아닌 위로를 했다. 돌아가 별이 되어버린, 지금은 가고 없는 형이 하늘을 올려다봤는지는 이제 와 알 수 없으나, 그때 그 순간 내가 해줄 수 있는 최선의 위로였다. 자꾸 멀어지는 시력 탓일까, 별 밭에 별이 흉년이다.

지금 가장 필요한 건 생명을 만나는 일

헨리 데이비드 소로 저, 정회성 역, 『월든』(민음사·2021)

장창영 (시인)

○시간의 무게가 느껴질 때

요즘 들어 시간이 갈수록 기술에 압도당하는 느낌이 든다. 과연 하루라도 핸드폰을 잊고 살아본 기억이 있는가? 최근 들어 인터넷 검색이나 유튜브를 하지 않고 살았던 기억이 별로 없다. 그건 해외에 있을 때도 마찬가지였다. 어찌 보면 나는 삶의 상당 부분을 각종 전자기기와 대중매체에 의존하며 살고 있다. 만약 이들이 내 삶에서 사라진다면 과연 그 공백을 감당할 수 있을지 두렵다.

이에 비해 헨리 데이비드 소로의 『월든』에 등장하는 잔잔한 이야기들은 자연에 그 뿌리를 두고 있다. 그는 『월든』에서 자신이 손수 오두막을 지었던 그곳에서 만난 자연 이야기를 담담하게 풀어놓는다. 그중 압권은 자신이 경험했던 <겨울의 월든 호수>와 <봄이 오다>이다.

눈 덮인 월든 호수에서 일어나는 사건들은 우리를 자연의 경이로움을 엿보게 이끈다. 한겨울을 이기고 생동하는 봄이 오는 역동적인 장면을 읽고 있노라면 사람들이 왜 이 책에 그렇게 빠져들었는지 충분히 이해할 수 있다.

당연히 이 책에는 오늘날 우리가 자주 접하는 문명이나 첨단 기술은 등장하지 않는다. 대신 흙냄새 가득한 식물이나 동물 이야기, 숲과 대지가 수시로 등장한다. 글은 때로는 애잔하고 때로 감각적이며 매력을 풀풀 풍긴다. 소로의 글이 한국에 소개된 이후 수많은 독자가 그 낭만적이고 소박한 삶에 열광했던 데는 다 이유가 있다. 우리가 직면하는 현실세계에서는 불가능하기 때문이다.

○자연을 닮은 삶이 주는 기쁨

내 주변에도 이런 삶을 사는 이가 있기는 하다. 올해 11년째 서울과 시골 생활을 병행하는 그이가 올린 페이스북 내용을 보면 소로의 삶과 크게 다르지 않다. 어찌 그런 삶을 살 수 있을까 싶다가도 그의 페이스북을 들여다보면 생각이 바뀐다.

그의 페이스북에는 한밤중 풀벌레가 우는 소리, 우체통에 집을 짓는 딱새 이야기부터 시시각각으로 주변이 눈부시게 변하는 시골의 봄날 이야기가 그림처럼 펼쳐져 있다. 물론 매번 낭만적인 이야기만 등장하는 것은 아니지만 이런 시골 생활이라면 부러울 법한 내용이 자주 등장한다.

언젠가 아내가 내게 도시 인근에 작업실을 만들 생각이 있는 가를 물었다. 나는 공간이 별로 중요하지 않다며 거절했지만 내심 그런 공간이 탐나기도 했다. 그럼에도 거절한 데는 외지에 그런 공간을 만든다는 것이 좀처럼 부지런하지 않으면 쉽지 않다는 사실을 알았기 때문이었다.

○자연의 품에서, 낭만적인 하루를 꿈꾸다

부럽기는 하지만 내가 아는 이들 중에도 이런 삶을 실천하는 이가 있다. 도심에서의 각박한 삶을 살다가 자신만의 텃밭에서 땀을 흘리거나 집필실에 들어서면 저절로 힐링이 된다고 했다. 나 역시 실제 풀을 베고 땅을 파서 옥수수를 심어 농사를 지어 보니 정말 그랬다.

어쩌면 우리는 그런 공간을 그리워하며 사는지 모른다. 우리가 원하는 것은 값비싼 아파트가 아니다. 사실 집이 아무리 넓어도 잠자리에 들 때는 불과 한두 평이면 충분하다. 죽을 때는 더 말할 나위 없다. 그런데도 우리 욕심은 끝이 없다.

『월든』은 책 분량이 제법 된다. 책의 마지막 장면을 만나기 위해서는 상당 부분 인내가 필요하다. 하지만 이 책에 빠지면 어느 순간 줄어드는 페이지가 아쉬워질 것이다. 우리 모두 소로처럼 살 수는 없다. 어차피 그런 삶이 허용되지도 않을 것이다. 하지만 소로의 책을 읽고 있노라면 매캐한 흙냄새 풍기는 그곳으로 한 번쯤 가보고 싶다. 가서 한 달만이라도, 아니 단 며칠만이라도 자연에 푹 젖어 살다 오고 싶어진다.

언젠가 내 인생에서 월든을 만나게 된다면 나는 어떤 말을 건넬까? 아직 한 번도 만나지 않은 생경한 언어보다는 친숙한 단어들이 먼저 떠오를 수도 있다. 때로는 청량한 새벽 숲의 이슬이나 안개 쌓인 날 내가 만났던 홋카이도 대설산의 운무이거나 눈 쌓인 지리산의 겨울이어도 그리 나쁘지는 않을 것이다.

인간의 일 가운데 연극만큼 위대한 일은 없다

곽병창 저,『억울한 남자』(연극과인간 · 2018)

황보윤 (소설가)

오래전 창작소극장에서 연극 한 편을 보았다.

곽병창 작가가 각색, 연출한 <천사는 바이러스>였다. 말로만 듣던 전주시 노송동 천사의 이야기가 무대에 올려졌다. 해마다 십이월 하순에 돈이 담긴 상자를 말없이 놓고 가는 얼굴 없는 천사는 과연 누구일까? 궁금해하는 이들과 돈을 노리는 일당의 쫓고 쫓기는 숨바꼭질이 시종일관 유쾌하게 펼쳐졌다. 그러나 웃음 끝에 남겨진 메시지는 묵직했다.

"기억하세요. 당신이 가진 것을 부러워하는 사람들이 세상에는 많다는 것을 말이죠. 그리고 그들과 나누세요. 삭막한 세상을 바꿀 수 있는 건 오로지 그대들, 우리들의 따뜻한 마음뿐이랍니다."

곽병창 작가의 세 번째 희곡집을 읽었다. 표제작을 비롯해 다섯 편의 희곡이 실려 있었다.

「억울한 남자」는 의료사고의 피해자인 복동이 해당 병원의 간호사를 인질로 잡고 수술 집도의인 최 교수를 협박하는 이야기다. 분명 피해자는 복동인데, 극의 결말에 이르면 최 교수가 억울한 남자로 대치되어 있다. 최 교수는 무엇이 억울했을까. 곰곰이 생각한 끝에 도달한 결론은 모두의 삶이 조금씩 억울하다는 것이다. 그 마음을 읽어내는 게 작가의 몫이다.

「빨간 피터, 키스를 갈망하다」는 카프카의 소설 「어느 학술원에 드리는 보고」를 희곡으로 각색한 작품이다. 추송웅이라는 배우가 일인다역으로 명성을 얻었던 연극 <빨간 피터의 고백>과 다른 점이 있다면 '순이'라는 한국인 입양아가 등장한다는 점이다. 인간으로 길러지는 원숭이 피터와 완벽한 독일인이 되고자 하는 순이를 통해 작가는 인간의 자유와 정체성에 대한 문제를 바로 여기, 우리의 현실 앞에 가져다 놓는다.

「대필 병사 김막득」은 전쟁과 군대에 관한 이야기다. "전쟁은, 전쟁은 말이야. 군인에겐 여전히 최상의 무대야. 꿈의 무대라고." 백 대장의 입을 통해 군산복합체론을 슬쩍 드러내고, "아닙니다. 저는 명령에 살고 명령에 죽기 때문에……."라는 배달병의 말로 합리적인 사고를 마비시키는 군대 문화를 돌아보게 한다. 배우들은 "오오오, 제발 바꿔, 아무도 못 이긴 싸움, 이루지 못한 사랑. 오오오, 이제라도 돌아가야 해."라고 이 땅의 평화를 노래한다.

「귀신보다 무서운」에서는 삼례의 나라슈퍼 강도 사건을 다룬다. 경찰의 강압수사로 옥살이를 한 이십 대 청년들의 억울함을 작가는 조목조목 대변해 준다. 그리고 극중 인물인 나라를 통해 속 시원히 외친다.

"야 이 나쁜 놈들아. 얼른 나와서 빌어. 무릎 꿇고 잘못했다고 빌어. 그게 사랑이여."

곽병창 작가의 희곡집을 읽다가 책꽂이에서 안톤 체호프의 책을 꺼낸다.

'거짓과 모든 형태의 폭력을 증오한다'라고 했던 체호프의 희곡집 『벚꽃동산』을 『억울한 남자』 옆에 나란히 놓는다. 두 권을 견주어 가며 읽는다. 어딘가 닮았고 한결같이 훌륭하다.

기억과 망각 사이의 그네 타기

세라 망구소 저, 양미래 역,『망각 일기』(필로우·2022)

김정경 (시인)

1월 2일부터 수영장에 등록했다. 일주일에 다섯 번. 새벽 다섯 시 반이면 수영장으로 간다. 난생처음 수영장이라는 곳에 발을 디딘 날부터 수영일기를 쓰기 시작했다. 이름을 붙여놓으니, 뭔가 그럴듯해 보일 수도 있겠으나 실상은 내가 얼마나 겁먹었고, 물은 또 얼마나 많이 먹었으며, 모든 게 구제할 길 없이 엉망진창이었는지를 고백한 다음 무턱대고 지난날을 참회하는 기록일 뿐이다. 5개월 차에 접어들자, 그마저도 듬성듬성 이 빠진 데가 늘고 있다. 그래서 얼마 전 연달아 읽은 일기에 관한 책들이 떠올랐다. 문보영 시인의『일기시대』와 세라 망구소의『망각 일기』두 책 모두 일독을 권하고 싶었지만, 그중에서도『망각 일기』를 요 며칠 책상에 올려두었다.

최근에서야 국내에 소개되기 시작한 세라 망구소는 시인이자 소설가이며 회고록 작가이다. 줌파 라히리는 그를 "오늘날 영미 문단에서 가장 독창적이고 흥미로운 작가"라고 상찬하기도 했다. 다양한 글쓰기를 하는 세라 망구소는 오랫동안 일기를 썼다. 이 책의 첫 문장도 "나는 25년 전부터 일기를 썼다"이다. 기억과 순간을 붙들기 위해서 무려 8만여 개 단어로 이루어진 어마어마한 분량의 일기를 써왔다. 그래서일까. 처절하고 사무치는 결기 같은 것이 문장과 문장에서 묻어난다.

『망각 일기』의 첫 페이지에서 작가는 아무것도 잃고 싶지 않아서 일기를 써왔다고 말한다. 그는 자신에게 일어난 모든 일들을 기록하지 않고는 견딜 수 없었다는 것이다. 작가는 강박적이고, 집요하게 기록하는 삶, 쓰는 자의 삶을 산다. 기록하지 않으면 망각에 이르고, 종국에 그 삶을 잃을지도 모른다는 공포에 오랫동안 시달렸다. 그는 일기 쓰기를 통해 끊임없이 무엇을 생략하고, 무엇을 망각할 것인지를 솎아내고 선택했다. 25년간 일기 쓰기는 마치 세수나 양치처럼 하루의 청결을 책임지는 꼭 필요한 행위가 되었고, 차라리 씻지 않는 것보다 일기를 쓰지 않는 것이 더 괴로운 일이라고 고백한다.

의외롭게도 이 책에는 세라 망구소가 그간 쓴 방대한 분량의 일기가 단 한 줄도 인용되지 않았다. 이것은 일기에 관한 글이다. 시간과 그 시간 속 존재들을 기록함으로써 사라지지 않도록 박제해두려했던 마음의 무늬들. 마치 주문과도 같은, 기도와도 닮은 간절함. 그 근원적인 불안과 강박으로부터 어떻게 놓여나고 필멸을 받아들이게 되었는가에 관한 성찰의 흔적이다.

옛 문고판이 떠오를 만큼 책의 판형도 작고 페이지마다 여백이 많은 책이지만, 쉽게 다음 페이지로 넘어가는 글은 아니다. 군더더기 없이 예리하게 벼려진 문장들은 그 앞에 한참을 머무르게 한다. 나의 옛일을 불러들이고, 잊고자 한 일과 기억하고자 했던 순간들을 펼쳐 보인다. 기억하기 위해, 망각하기 위해 사람들이 하는 일을 생각했다.

재밌는 건 일기 쓰기를 통해 생의 단 한 순간도 빈틈없이 붙잡고 싶어 했던 그의 고군분투를 완전히 전복한 사건을 맞이하게 된다는 것인데, 바로 임신과 출산, 그리고 육아로 이어지는 경험이다. 아이를 낳아 기르며 작가는 그리 오래되지 않은 기억은 잃어버리고, 반대로 생애 초기의 기억은 생생하게 떠올리기도 했다. 그가 구축해 온 세계가 뒤죽박죽됐어도 작가는 여전히 일기를 쓴다. 원하든, 원하지 않든 미래가 계속 생겨나더라도 우리가 사랑해 마지않는 필멸의 존재들이 안간힘을 다해 빛나는 이 세계를 조금 더 오래 기억하기 위해서.

너와 내가 만드는 우리의 역사

최기우 저, 『들꽃상여』(평민사 · 2021)

김근혜 (동화작가)

　칠팔 년 전, 임실필봉농악전수관 야외무대에서 마당극 <웰컴투 중벵이골>을 볼 때였다. 극의 막바지인 상여 나가는 장면을 한참 흥미 있게 보는데, 객석에 있던 초등학생 두 명이 느닷없이 무대로 뛰어들었다. 그리고 마치 배우처럼 상여에 노잣돈을 매달았다. 숙연했던 분위기가 들썩였다. 다른 관객들도 자연스럽게 나와서 상여에 노잣돈을 달기 시작했다. 그것으로 끝이 아니었다. 관객들은 상여꾼을 따르며 곡소리에 맞춰 춤까지 췄다. 마당극이 축제의 장으로 바뀌는 순간이었다.

　시간이 흘러 그때를 연상케 하는 작품을 만났다. ㈔한국극작가협회의 '2021한국희곡명작선'에 선정돼 소책자로 출간된 희곡 「들꽃상여」다. 이 작품은 이름이 있으나 제대로 불리지 못하고 사라진 사람들의 이야기다. 이들의 이름은 들꽃처럼 흔하고 가벼웠다. 관심을 받지도 주지도 못하는 처지였으니 이름이 무엇인들 어떤 의미가 있을까? 그저 세상이 떠미는 대로 살다 죽는 것이 운명이었다. 그런 사람들이 죽창을 들었다. 그렇게 또 하나의 이름을 갖는다. 동학농민혁명군이다.

「들꽃상여」는 동학농민혁명을 소재로 연극을 준비하는 배우들의 고민에서 시작한다. 배우들은 이번만큼은 전봉준이 아니라, 새로운 인물을 발굴해 무대에 올리려고 한다. 그러다 인종학 연구를 핑계로 일본으로 갔다가 125년 만에 모국 전주로 돌아온 어느 유골에 관한 기사를 접한다. 배우들은 이름도, 흔적도, 기록도 없는 동학농민군을 무대로 불러들인다. 자기가 살던 집을 집강소로 내준 김제 원평의 동록개, 소년 장사 김복룡, 또랑광대 소리쇠, 양반 김서방 등이다.

눈길을 끌 만한 기록이 없는 인물을 극의 중심으로 끌어오는 일이 쉽지 않았다. 그런데도 배우들은 새로운 시도를 포기하지 않았다. 익숙한 것을 버리고 낯선 것을 택했을 때 오는 불안감을 누른 건 '함께'라는 연대의 힘이었다. 그런 면에서 이들은 신분과 세대를 뛰어넘어 사람다운 세상을 만들기 위해 죽음을 불사한 동학농민혁명군과 사뭇 닮았다.

작품을 읽으며 작가의 사람 보는 눈을 짐작해 본다. 허리 숙여 자세히 보아야 보이는 들꽃을 보듯 세상의 언저리에 놓인 사람들을 향한 작가의 따뜻한 시선이 가없이 느껴졌다. 이름이 없고 있더라도 한두 줄로 기록된 특별할 게 없는 인물을 역사의 중심으로 끌어올 수 있는 역량은 글발의 힘만이 아니었다. 위기의 순간에 발휘되는 민중의 연대를 믿어 의심치 않았던 작가의 신념이 「들꽃상여」를 탄생시킨 것이다.

우리의 역사는 좀 더 집요한 기억과 꼼꼼한 기록이 필요하다. 실체를 드러내야 확고한 역사가 된다. 눈에 보이고 손으로 만져질 때 귀에 들리고 입으로 말하게 된다. 동학농민혁명군의 농민이 보이고 만져질 때 당당한 역사의 자부심과 긍지가 더 높아질 것이다.

<작가의 말>을 통해 진정 남겨야 할 역사가 무엇인지 생각하게 된다. 커다란 수레바퀴 아래에 피어난 이름 없는 들꽃 같은 이들의 개인적 역사가 없었다면 전체의 역사는 존재하지 않았겠지. 네가 있고 내가 있기에 우리가 존재함에 고개가 저절로 숙여지고 감사한 마음이 요동친다.

우리 모두 죽더라도 우리 이름 영원히 살 것이라. 우리 목숨의 혼불이 눈물 나는 꽃빛으로 피어나리라.

들꽃상여를 메고 가는 길에 핀 들꽃들이 수런거린다. 이제 막 시작된 잔치에 묵은 먼지를 털어내고 분연히 일어서는 중이다. 곧 상여를 따라 들꽃들의 춤사위가 이어지리라. 자신들이 걸었던 길을 잊지 말아 달라는 간절한 바람과 후손을 향한 아름다운 악수가 가는 걸음마다 꽃향기로 남을 것이다.

오늘, 하늘은 명징하고 바람은 서늘하다.「들꽃상여」가 품은 속내를 알기에 딱 좋은 날씨가 아니고 무엇이겠는가.

사랑의 프리즘

배봉기 저, 『햇빛 속으로』(마음이음 · 2023)

이경옥 (동화작가)

　청소년 시절, 이상형에 가까운 사람을 보면 가슴이 두근거리고 설레는 감정을 한 번쯤 가져봤을 것이다. 어디 청소년 시절만 그러겠는가! 누군가를 좋아한다는 감정은 나이와 세대를 넘나드는 신비로운 감정이 아닌가. 한 사람에게 마음을 주고, 가까운 관계가 된다는 건 가슴이 두근거리고 아름다운 감정의 체험이랄 수 있다. 그런데 그 사랑의 대상이 사회의 통념과 다르다면, 동성을 사랑한다면 세상의 시선은 어떨까?

　『햇빛 속으로』는 십 대 퀴어(성 소수자) 이야기를 다루고 있다. 주인공 '수민'이가 화자가 되어 자신의 내면 깊은 곳에 담긴 어두운 자아를 발견하고, 밖으로 끄집어내기까지의 과정을 보여준다. 퀴어 청소년의 커밍아웃, 섬세한 사랑의 감성, 자신의 진짜 모습에 대한 고민을 통해 퀴어에 대해 독자들과 함께 생각해 볼 수 있는 특별한 색깔의 소설이다.

　중학생 때 자신의 성 정체성을 알게 된 주인공 '수민'은 친구 '희수'에게 고백한다. 하지만 돌아오는 반응은 "이상한 놈, 더러운 새끼"라는 말을 듣고 자신의 성 정체성을 세상 밖으로 드러내면 안 된다는 걸 느끼게 된다. 그래서 자기 자신을 마음속 지하실에 가둘 수밖에 없다. 세상에서 통용되는 이성과의 사랑이 아니라 동성에 대한 사랑이라는 감정을 느낀 '수민'의 당혹스러워하는 모습이 그대로 전해져 아릿한 통증이 느껴졌다.

수민은 고등학생이 되어 연극반 '목소리'에 가입한다. 그곳에서 예술 특기 강사이자 극단 배우인 '예쌤'을 만나면서 숨겨두었던 감정은 다시 꿈틀거린다. 하지만 '수민'은 중학교 때 '희수'로부터 받은 경멸의 눈빛이 스치고, 결국 세상의 시선을 감당할 자신이 없어 '예쌤'에 대한 감정을 억누른다. 그렇다고 그 애틋한 감정이 숨겨질 리가 있겠는가. 사랑의 감정을 이성으로 누르기에는 수민의 사랑은 통제할 수준을 넘어섰고, '예쌤'이 출연하는 연극 <빨간 피터의 고백>을 다섯 번이나 보게 된다. '예쌤'은 수민의 간절한 마음을 눈치채고 조심스럽게 말한다.

"숨 쉬어. 숨 쉬어야 살아. 그래야 살 수 있어."

늘 조바심을 안고 살았던 수민에게 '예쌤'의 말은 조심스럽게 세상 밖으로 한 발 내딛는 계기가 되어, 부모님과 친구들에게 커밍아웃하게 된다.

○세상의 편견을 뛰어넘는 용기

"세상, 사람, 참 무섭다. 네가 가려는 길이, 나도 모르는 길이고, 너무 힘들 것 같아서…. 네 잘못이 아닌 것 알고, 너도 어쩔 수 없다는 것 아니까, 더 이 아빠 마음이…."

수민이가 아버지에게 말했을 때의 반응이다. 필자도 두 아들이 있지만 이러한 상황이라면 어떤 말이 먼저 나왔을지 상상하기 어렵다. 그만큼 세상의 통념과 상식의 기준을 넘어선다는 게 얼마나 어려운지를 확인하는 순간이었다. 그럼에도 작가는 수민이를 통해 인간의 존엄과 자유를 지켜내야 한다고 말한다. 힘들더라도 한 걸음, 한 걸음 빛을 향해서 나가라고 주문한다. 때론 가시밭길이 보일지라도 피하지 않기를 권한다. 필자도 사회에서 다수가 선택한 것이 꼭 옳다고 여겨지는 않는다.

다행히 수민도 다짐한다.

앞으로도 한순간, 한순간, 이 순간을 살아갈 것이다. 내 진실에 온 힘을 다해 응답하면서. 그것이 나를 사랑하는, 그리고 내가 사랑하는 것들을 사랑하는 그래서 내 삶을 사랑하는 길일 테니까.

우리 사회에서 소수로 살아내는 건 모든 존엄을 내려놓으라고 강요당하기 일쑤다. 하지만 나 자신으로 살아가는 건 너무나 당연한 일이다. 아직 지하에 웅크리고 있을 수많은 '수민'이가 이 소설을 통해 당당하게 햇빛 속으로 걸어 나오기를 진심으로 바란다.

기차는 길다, 괴로움의 증거다

하상욱 저, 『달나라 청소』(파란·2025)

박태건 (시인)

'햇빛 잘 드는 툇마루에 앉아/ 신문지 펴고 손톱이나 깎는/ 오후를 좋아하고', '가끔 지나가는 채소 트럭 확성기 소리를 들으며/ 시장에 장 보러 간 당신을 기다리는'(「툇마루」) 것이 소망이었던 시인이 있(었)다. 그의 존재를 과거형으로 말하려니 갑자기 울컥해진다. 그는 이제 죽은 사람, '생의 적막한 오후를 견디기 위해서 아직 남아 있는 햇빛을 애인과 나눠 쬐고 싶었던' 순정한 사람. 그를 기억하는 사람들이 겨울의 끝자리, 전주한옥마을에 모였다. 저자 대신 시집 『달나라 청소』 출간을 기념하기 위해서다.

하상욱 시인(1967~2023)은 남원에서 태어나 원광대 국어국문학과를 졸업했다. 그가 남긴 『달나라 청소』를 윤동주 시집 이후 가장 순정한 유고 시집이라 하겠다. 시인에게 '세상은 아름답기만 한 것도, 그렇다고 노엽기만 한' 것도 아닌 '쪽문 앞 개망초 작은 꽃들을/ 쪼그리고 앉아서 보듯' 사는 것이다. 윤동주 시인이 일제강점기의 비루함을 고결한 영혼으로 이겨냈듯이, 하상욱은 신자유주의가 불러온 노골적인 인간 소외를 맑고 깨끗한 눈빛으로 견디려 했다.

＞ 찬물에 손을 담그고 사는 여자와
무거운 벽돌을 지고 오르며 사는 남자가
헤어지는 아침
이따 저녁에 만나, 하고
헤어지는 아침
(「늦겨울」)

내가 아는 하상욱은 매 순간 실존의 질문에 대답을 궁리했던 시인. 외양간 소처럼 순하고 까만 눈을 껌벅이며 할 말을 고르던 그의 모습이 생각난다. '죽음이 삶을 껴안든/ 삶이 그 무엇을 껴안든'(「아카시아」) 살기 위해선 얼마나 많은 상처의 지도를 여행해야 하는 걸까. 시인은 세속적인 세상에서 사는 게 쉽지 않은 것은 '너무 많이 가지려 하기 때문'(「루트」)이라고 말한다. 그래서일까 수학 기호인 루트를 보면 그는 모자를 벗기고 싶다고 생각한다. 이제 그만하면 됐다고, 모두가 자본의 수레바퀴를 굴리는 데 열중할 때 한발 벗어난 고독한 생의 응시를 통과하느라 시인은 얼마나 외로웠을까?

항아리가 숨을 쉰다는 얘길 들었다

항아리가 숨을 쉬니까 그 속에 담긴

된장도 고추장도 숨을 쉴 거다

된장도 고추장도 숨을 쉬니까

된장을 푼, 고추장을 풀어 끓인 찌개도 보글보글

숨을 쉴 거다

된장을 푼, 고추장을 풀어 끓인 찌개도 보글보글 숨을 쉬니까

이리저리 치이다 돌아온 당신도

숨을 쉬며 살아가는 거다

뜨순 밥에 찌개 한 냄비 뚝딱 해치우고

잠든 당신의 가슴이, 배가 오르락내리락한다

집은 커다란 항아리

(「항아리」)

하상욱 시인은 타인의 가쁜 숨소리도 들을 줄 아는 시인이
었다. '항아리가 숨을 쉬듯 이리저리 치이다 돌아온 당신도 숨
을 쉬며 살아야 한다'라고 말하는 시인은 이제 광란의 질주를
멈추자고 한다. 세상이 '삼백원처럼만 맑았으면'하는 시인의 소
박함이 눈물겹게 한다. 누군가의 죽음도 화폐 경제로 정리되는
세상이다. 우리는 시인에게 삼백 원만큼의 평화를 배운 셈이다.

"방안에 있는 동전들 다 모아 오천원을 만들고/ 마트에 가서 소주 큰것 하나 사니/ 삼백원이 남았다/삼백원은 얼마나 예쁜 돈인가/ 삼백원은 얼마나 예쁜 당신인가/ 삼백원을 호주머니에 넣고/ 내 남은 생도/ 이 삼백원처럼만 맑았으면 하면서/ 불 켜진 내 방이 환하게 보였다"(「삼백원」) 아! 삼백 원만큼 환한 생이라니…. 뉴스를 켜면 모두가 미쳐 돌아가는 것 같은 세상에서 하상욱의 시를 만날 수 있어서 다행이다.

무어라고 몇 줄 썼다가 지웠다

눈이 내리는데 계속 걸었다

뒤돌아보면 내가 함부로 찍어놓은 발자국들

눈이 조용히 덮어주고 있었다

간다고 가는데 언제나 여기였다

다시 몇 줄 썼다가 지웠다

여기에서 저기까지 가보면 저기가 다시 여기가 되고

가다가 멈추면 동그란 무덤이 생겼다

눈발이 휘날렸다

지웠다가 다시 썼다

나의 호흡처럼 나의 언어처럼

눈발이 점점 더 거칠어졌다

놓고 싶어도 놓을 수 없는 것들이 있어서

그리워도 볼 수 없는 것들이 있어서

무덤들이 자꾸 생겨났다

나는 눈밭 속을 계속 걸어갔다

(「눈 오는 아침」)

　『달나라 청소』를 읽으며 이 좋은 시들을 더 볼 수 없다는 것
이 슬퍼졌다. '그리워도 볼 수 없는 것' 중에서 그의 이름도 추가
되었다. 한밤중에 취한 목소리로 전화하던 하상욱이 없는 이 세
계의 '눈밭 속을 계속 걸어갈' 수 있을까? 그의 짧은 시를 소개
하면 글을 마친다. "기차는 길다/ 괴로움의 증거다// 달려가라/
달려가라"(「기차」) 시인을 힘들게 했던 겨울이 지나갔다. 지난
사랑은 언제나 비극이다. 나는 그를 사랑했다.

별처럼 반짝이는 꿈

윤미숙 저 『렛츠 기릿 나나나나는 래퍼!』(모해출판사 · 2024)

김영주 (동화작가)

아이들이 등교하고 잠깐 쉬는 새, 라디오에서 들려오는 사연에 귀가 세워졌다. 유치원 다니는 아들의 장래 희망에 관한 얘기였다. 달리는 차 뒤꽁무니에 '무사안착' 하는 청소부가 되겠다는 맹랑함에 끌렸다. 엄마는 속이 부글부글 끓는데, 아이는 어벤져스급 푸른 꿈에 진지했다. DJ는 설레었다. 아이는 왜 그 일을 해야 하는지에 대한 당위성을 계획적으로 밝혔다. 엄마는 철없는 아들을 말려달라는 의도인데 듣는 사람은 신통하고 아이의 미래가 더 흥미진진해졌다. 사연을 듣던 나도 아이가 크게 될 인물이라고 생각했다. 아이 엄마도 아들의 미래가 궁금한 마음이 커서 사연을 보냈을 것이다. 하고 싶은 일을 마음껏 다 하라고, 한없이 다 해보라고 더 일찍 말했더라면…… 인제 와서야 달라졌을까! 아쉬움, 미련의 앙금으로 스멀스멀 올라온다.

한국 안데르센 대상작 『렛츠 기릿 나나나나는 래퍼!』는 부모가 지도하는 것이 아닌 자유롭게 자신을 키워가는 과정을 알려준다. 동화 속 경주는 기타와 랩 사이에서 갈등한다. 기타 연주로 인정받고 있지만, 랩에 매료돼 랩을 하고 싶은 욕구가 솟구치기 때문이다. 오케스트라의 바이올린 연주자인 엄마는 경주와 신경전이 팽팽하다.

하고 싶은 것/ 해야 하는 것/ 하고 싶은 거/ 먼저 하고 싶은데/ 돼돼돼/ 하고 싶은 거/ 먼저 해도 돼/ 돼돼돼/ 하고 싶은 거 먼저 해도 돼/ 돼돼돼/ 나나나나도 음악해도 돼/ 공부해도 마음이 편치 않아/ 나의 미래가 편치 않아/ 내 책가방의 무게는 헉헉헉 (본문 랩 중에서)

경주는 번민에 번민을 거듭하며 자신에게 끊임없이 묻는다. 난 진짜로 랩을 하고 싶나?

망설이지 말고 던져/ 내 멋대로 던져/ 똑똑한 그것보다 독특함을 살려/ 시키는 대로 하기보다 내 멋대로/ 내 생각대로 씽씽 달려 (본문 랩 중에서)

머뭇대던 경주에게 랩은 자꾸 'Let's get it!' 일깨운다. 스토리가 역동적이어서 읽는 내내 후끈하다. 글 속에 사이사이에 나오는 랩은 느슨할 간격을 없애고 촘촘하게 엮었다.

윤미숙 작가가 이 작품을 위해 자료를 수집하는 데 오랜 시간이 걸렸으리라. 오케스트라, 기타, 랩 등등 음악가와 래퍼가 얼마나 노력 끝에 만들어졌는지 가히 느껴진다. 작품이 완성되는 과정에서 수없이 확인하고, 실행을 반복했을 것이다.

『렛츠 기릿 나나나나는 래퍼!』는 아이가 마음껏 경험하도록 길을 열어줄 것을 말한다. '돼돼돼!'는 방치나 방관이 아니라, 가능성이다. 아이는 쑥쑥 성장한다. 성장판이 멈추지 않게 가능성을 부여하고 지켜봐 주는 것. 자신의 이상과 의욕을 자유롭게 스스로 키워가는 과정에 고개가 끄덕여진다. 작품은 하고 싶은 거 다 하라고 말하면서도 돌아오는 방법도 일러준다. '영, 아니다 싶으면 유턴해.' 하는 말이다.

혹시라도 자식들을 보면서 '다시 키우면 더 잘 키울 텐데' 하는 후회를 한다면, 그딴 건 접어두고, 외치자. "Let's get it!"

오백 리 유채꽃 길을 다시 보고 싶다

오강남 저, 『세계 종교 둘러보기』(현암사 · 2013)

김종필 (동화작가)

오래전 겨울, 배낭을 메고 혼자 인도여행을 다녀왔다. 별로 티 나는 삶을 사는 것도 아니면서 쉽게 지치고 피곤해하는 나에게 있어서 여행은 해방구이기도 하고 충전소이기도 하다. 인도는 그 여행지 중 아끼고 아껴두었다가 마지막으로 가보고 싶은 곳이었다. 벼르고 별렀던 인도로 떠나는 새벽, 인천공항으로 가는 고속도로는 눈발의 향연이었지만, 나는 주인 몰래 산책가는 강아지처럼 설레고 짜릿했다.

보름간 인도 북부의 일부를 떠돌다 왔다. 몇 권의 책만 믿고 혼자 떠난 인도 여행은 악전고투의 연속이었다. 너무나 새로워서 적응을 못 했고, 지극히 예민해서 아팠다. 힘들었던 기억 때문에 돌아와서는 인도 쪽을 향해서는 오줌도 싸지 않으리라 했었다. 그런데 요즘은 눈만 감으면 바라나시의 잿빛 갠지스강물과 델리에서 자이푸르 가는 길의 유채꽃밭이 다시 아른거린다. 유채꽃 길이 오백 리나 이어져 있었는데 그때 나를 온전히 노랑으로 물들여 놓았다.

인도에는 가는 곳마다 신이 있다. 흔들리는 시내버스에도, 운전사의 이마에도 구멍가게에도 심지어 허름한 게스트하우스 간판에서도 어김없이 신이 있다.

3억 3천만이 넘는다는 힌두교 신들은 대체 어디서 온 것일까, 그들은 왜 갠지스강에서 세상을 마치는 것이 소원일까, 왜 힌두교도들은 타다 남은 시신이 떠다니는 강물에 몸을 담그고 예배를 드릴까, 파괴의 신인 시바가 어째서 가장 존경받는 신이 되었을까?

어느 여행보다 몸 고생 마음고생이 심했지만, 다행스럽게도 미리 공부를 좀 하고 출발했기에 그나마 숨은 쉴 수 있었다. 그때 이 책마저 읽지 않고 갔더라면 나는 눈을 감은 채 여행하는 어리석은 여행자였을 것이다.

나는 여행을 떠날 때면 제법 열심히 공부한다. 그야말로 하고 싶어서 하는 공부인 셈이다. 여행 시작 전에 목적지가 어디든지 어김없이 펼쳐 보는 책이 한 권 있다. 비교종교학자 오강남이 쓴 『세계 종교 둘러보기』다. 책은 세계의 다양한 종교를 맛뵈기 해 준다.

여행은 새로운 나를 찾으러 떠나는 것이라는데, 가는 곳마다 종교가 있고 종교가 남긴 문명이 있다. 그 문명은 낯설어서 신비롭고 여행자를 즐겁게 한다. 종교의 역사는 인류 문명의 역사다. 종교 간의 관계를 알면 세계 역사가 한눈에 보인다. 만약 다양한 종교가 없었더라면 우리의 문명은 얼마나 단조로웠을까? 어떤 이는 자신의 종교가 지구를 덮기를 바란다지만, 나는 결사반대다.

이 책은 오늘날 종교 간의 갈등은 어디서 기인하는지, 그들의 뿌리는 무엇인지, 무엇을 기도하며 사는지를 친절하게 보여 준다. 힌두교, 불교, 자이나교, 시크교, 유교, 도교, 신도, 조로아스터교, 유대교, 그리스도교, 이슬람교, 동학 등을 각각의 꼭지로 하여 일목요연하게 정리했다. 한 권에 여러 종교를 담으려니 깊이는 얕을 수밖에 없지만, 핵심을 콕콕 찌르고 있다. 보통 사람의 교양 습득에는 전혀 지장이 없다.

"하나의 종교만 아는 사람은 아무 종교도 모른다."라는 그의 화두는 한국의 배타적인 신앙관을 가진 사람들이 새겨들어야 할 회초리다. 나무아미타불의 뜻도 모르면서 입에 달고 살고, 예수를 판 사람의 이름이 왜 유다인지도 모르면서 무작정 '믿습니다'를 외치는 이들도 꼭 읽길 권한다.

이 책을 읽고 신앙인이라면, 이웃이 어떤 신앙을 가지고 있는지 알아봄으로써 더욱 큰 맥락에서 자신의 신앙을 보다 깊이 이해하게 되었으면 합니다. 특별히 믿는 종교가 없다고 생각하는 일반인이라면, 우리 인류가 어떤 정신적 유산을 물려받아 지금과 같은 종교적 태도를 가지게 되었는지 등을 이해할 수 있는 문화사적, 사회학적 안목이 깊어지기를 바랍니다.

그의 소박한 머리말이 가슴에 와닿는다. 조금만 더 있으면 델리에서 자이푸르 가는 길에 다시 유채꽃 오백 리 길이 펼쳐질 것이다. 내게 힌두교의 밑바탕을 알려주었던 이 책을 끼고 이번에는 악전고투하지 않고 인도를 다시 봤으면 좋겠다.

지금은 자신을 돌보는 시간

나혜경 저, 김동현 사진, 『파리에서 비를 만나면』(역락 · 2020)

이진숙 (수필가)

○때론 시인의 눈으로

알맹이로만 또글또글 살아 있는 시어를 만나면 시집을 마구 쓰다듬어 주고 싶다. 영혼의 창문이 열린 듯하고 열린 창문으로 내 마음을 들킨 것 같아서 가슴이 콩닥거리기도 한다. 그 시어를 품어, 내 살을 채우고 싶기도 하고, 시가 내리쬐는 따사로운 햇살에 몸을 맡기며 위로를 받기도 한다. 나혜경 시인이 시를 모으고, 김동현 작가가 사진을 보탠 시선집 『파리에서 비를 만나면』이 그랬다.

"사라질 것만 찍고 싶다는 사진작가와 마음에서 사라지지 않을 것만 쓰고 싶다는 시인처럼"이라는 표현이 차례를 읽기도 전에 내 마음을 흔들었다. 나지막하게 말을 건네는 파리의 풍경을 담은 사진 50장과 절제된 언어 뒤로 숨겨놓은 마음이 담긴 시 50편으로 구성됐다. 한 장 한 장 넘길 때마다 파리의 풍경 속에서 시를 읽고 있는 느낌이 든다. 평온한 여유로움과 낯선 감흥에 젖을 수 있는 시선집이다.

뒤엉킨 기억의 조각들을 바로 맞춰 주는 사진. 그 이미지에서 풀어낸 언어들을 농축시켜 건져 올린 시어. 시인에게는 신이 허락한 언어의 축복이 있다고 했다. 미주알고주알 이야기하지 않아도 살며시 밀어낸 시어에서 쏟아져 내리는 생각들이 경이롭다.

한 발 나아갈 수 없을 땐
제자리에서 저렇게 깊어지는 겁니다. (「나무 홀로 푸르다」)

짧은 두 행으로 완성되는 삶의 진리이다. 달려오다가 달려갈 길이 아직 남았는데, 길이 뚝 끊겨 버렸을 때, 괜한 헛손질로 기력이 쇠잔해졌을 때, 특히 코로나19와 같은 재앙으로 젖은 날개를 접어야 할 때, 그 자리에서 어둠을 두려워하지 말고 더 깊숙이 뿌리를 내려야 함을, 그것이 인생임을 깨닫게 한다. 시인은 안으로 창을 내고 깊이를 재정비할 때라며 조용한 함성으로 격려한다. 소망을 잃은 듯, 뺏긴 듯 무심한 오늘, 그리고 또 내일을 견뎌내려면 침잠하라 한다. 거기서 새로운 도근점을 찾으라 한다.

○때론 시인의 마음으로

"내가 해결할 수 없는 일이 생기면/ 마음 놓을 만한 문장을 찾아내어/ 음악처럼 듣고 또 듣는다"(「안녕을 빌 만한 문장」)라는 시어처럼 미로에 빠져 마음이 답답할 때, 시인이 다듬어 놓은 결 고운 길에서 답을 찾을 때가 있다. 해결해야 할 일에 짓눌려 앞이 안 보일 때 한 걸음 뒤로 물러서서 또는 한층 위로 솟구쳐 올라서 그것도 아니면 한 길 아래로 내려가서 이 시구를 곱씹어 볼 일이다. 혜안을 얻을 수 있는 시구는 다시 일어설 힘을 풀무질할 것이다.

> 간단한 식사를 학습하는 동안 아무도 모르게
> 흩어진 이름을 간절히 부르기도 하는 비
> 마술사처럼 나는 낭만을 귓바퀴에 올려놓고 만지작거리고 있다
> 쏟아지지 않게
> 조심조심하며 (「파리에서 비를 만나면」 부분)

비가 오거나, 바람이 소슬하게 불어올 때, 눈이 내리고 다시 진달래가 피어날 때, 혼자 보기 아까운 풍경을 대할 때든, 혼자여서 설움이 짙어질 때든지, 어느 때나 그리움이 묻어난다는 것

은 살아있다는 증거일 것이다. 이제 조심조심 그리움을 부르며 더불어 징검다리를 건너보자.

라일락에게서 꽃 한 가지 얻어와 유리병에 꽂고/ 배추꽃 몇 송이 얻어와 비빔밥 위에 얹고/ 목련에게서 꽃 한 송이 얻어와 뜨거운 물에 우리고/ 단풍 한 잎 얻어와 책갈피에 끼워 놓고 홀쭉한 맘 다독이는/ 살아가는 일은/ 얻어, 먹는, 일(『걸식』)

우리네 삶, 하루하루는 자연에서 조금씩 빌려 쓰고 돌려주는 것이다. 아직 얻어 쓸 수 있는 여유가 있어서 감사할 가을이다. 전주 평화동 사거리에서 용흥중학교로 가는 양쪽 길에 은행잎이 노란 불을 켜서 이 가을을 익히고 있다. 가을 향의 맑은 소리를 얻어 들으며 시 한 구절 펼쳐 놓고 거닐어 볼 만하겠다.

시를 어루만지는 일

김사인 편, 『시를 어루만지다』(도서출판b · 2013)

김헌수 (시인)

시인이란 자기 삶의 가장 순결한 형식으로 시를 섬기는 사람을 말하는 것이다. 별 흥미를 못 느끼는 이에게는 하잘 것 없는 글 몇 줄에 자신의 심혈을 기울이는 사람이 시인이다. 한 인간이 무엇인가 자기 삶을 걸어 애쓸 때 거기엔 그럴 만한 곡절이 있게 마련이며, 그 사람 나름의 절실함이 깃들어 있게 마련인 것이다. 그리고 바로 그 절실함을 향해 우리는 겸허히 눈과 귀를 기울여야 하는 것이다.

김사인 시인의『시를 어루만지다』에 나오는 구절이다. 미덥고 어진 그가 쓴 책을 만났을 때 나는 습작생이었다. 유난히 비를 좋아했던 나는 슬레이트 처마 밑에서 들었던 또록또록한 빗소리를 새기며 시를 읽고 짓는 일을 좋아했다. 무심하게 흐르는 청춘의 희망 앞에서 여윈 등을 지고 가는 비를 생각하기도 했다. 곁에 서서 비를 맞아 줄 한 사람을 그리워하며 글 앞에 머물렀다.『밤에 쓰는 편지』,『가만히 좋아하는』,『어린 당나귀 곁에서』등 그의 책을 닥치는 대로 읽고 흉내 내 보았다. 특히,『가만히 좋아하는』에 나오는 시「비」를 좋아했다. 사랑하는 사람을 대입해서 시를 읽으면서 오지 않는 사랑의 힘과 삶의 질펀한 그림자를 반영해 보기도 했다. 나만의 호흡으로 시를 쓰고 읽으며 눈 밝은 시를 만나는 일이 즐거웠다.

김사인 시인을 좋아했던 나는 그의 책에 밑줄을 그으며 읽고 또 섭렵하며 나아갔다. 시 창작 교실을 기웃거리고, 시 창작법을 읽고 열심히 쓰고 신춘문예에 도전하던 시절이었다. 시의 숨결을 그토록 만지길 원했지만, 시는 쉽사리 품을 내어주지 않았다. 써지지 않는 글 앞에서 자괴감이 들었고 시가 멀게만 느껴졌다. 마음의 채비를 달리하여 시 앞에 임했다.

김사인의『시를 어루만지다』에는 다양한 시들과 감상평이 곁들여있다. 1부 <시에게 가는 길>은 독자들께 여쭙는 '시 읽는 법'이다. 자유로이 시편을 즐기기를 바라는 마음이 5부까지 이어진다. 2부 <마음의 보석>에는 산문화되어 가는 시류에 가려져 있는 서정 시편들이 묶여있다. 3부 <인생의 맛>에는 '삶의 애환'이 깃든 서정시를 재확인해 주고, 4부 <말의 결>에서는 우리말과 글의 독특한 맵시들이 구현되는 모습을 맛볼 수 있다. 5부에는 <말의 저편>으로 파격적이고 주지적인 전위적 성향의 시편들로 이뤄져 있다.

그가 끌어내는 시에는 겸허와 공경, 공감과 일치의 능력, 시를 읽고 온몸으로 받아들이는 일을 말하고 있다. 정맥이 들여다보일 만큼 투명하게 전해져 오는 시 앞에서 영혼이 맑아지는 느낌과 그 힘의 정체성을 궁금해하기도 한다. 실물적 상상력을 토대로 시의 전부를 어루만져 보고 냄새 맡고 미세한 색상의 차이를 맛보는 일, 성글게 짜여진 문자 기호들 속에서 마음과 느낌을 들이밀어 새로운 풍경을 만날 수 있었다.

시를 새겨읽고 쓰고 깁고 다듬는 일이 시를 어루만지는 일임을 시인은 말한다. 사랑이 없는 얄팍한 시와 생경한 것을 들춰 보고, 사물과 사람을 바라보며 신기해하고 애써서 하는 말임을 전한다. 시는 쓰기뿐 아니라 읽기 역시 다르지 않음을, 사랑이 투입되지 않으면 읽힐 수 없다, 사랑의 절실성과 삶의 생생함이라는 더 깊은 준거 위에서 애쓰는 것이 마땅함을 말한다.

시 공부는 말과 마음을 잘 섬기는 데 있다는 김사인 시인의 말이 맴돈다. 마음을 관통하는 정서의 줄기를 단단하게 세우며 좀 더 그윽해지고 싶다면, 『시를 어루만지다』를 펼쳐보자. 마음이 자유로이 움직이는 것을 느낄 수 있을 것이다.

눈물 사이로 길을 읽다

서철원 저, 『달의 눈물』(출판하우스 짓다·2023)

장은영 (동화작가)

○세상을 비추는 희망 같은 달

동북 면의 시골 무사였던 이성계(1335~1408)는 고려를 지키는 장군이 되었다가 새로운 나라 조선을 개국했다. 그 격동의 시간을 그는 어떻게 견뎠을까? 그의 마음속에 수없이 요동쳤을 욕망과 두려움과 흔들림이 궁금해서 경기전에 있는 태조 이성계 어진을 보러 갔다.

우리 전통 초상화는 터럭 하나라도 닮지 않으면 그 사람이 아니라 했고, 겉모습뿐만 아니라 인격과 내면까지 그려야 한다고 했으니, 어진을 꼼꼼하게 뜯어보면 뭔가 알 수 있을 거라는 기대가 있었다.

어진 속 태조는 푸른색 곤룡포와 익선관을 쓰고 있었다. 귀밑머리와 수염이 하얗고 눈썹 위 사마귀까지도 고스란히 그려낸 걸 보니, 본 모습 그대로라는 걸 짐작할 수 있었다. 나이가 들었어도 정면을 응시하는 그의 눈동자는 흔들림이 없었고 굳게 다문 입술은 굳은 의지를 드러내는 듯했다. 하지만 초상화만으로 그의 내면을 짐작한다는 것은 불가능한 일이었다. 헛헛한 마음으로 하릴없이 돌아왔을 때 서철원 작가의 『달의 눈물』을 만났다.

작가는 고려 시대 무신의 난(1170년)부터 태조 이성계의 죽음(1405년)에 이르는 긴 시간의 서사를 소설 속에 담았다. 200년을 훌쩍 넘는 시공간을 물 흐르듯 넘나드는 자연스러운 전개와 굽이굽이마다 피어나는 이야기가 감탄스러웠다.

칼과 한 몸이 되기를 바랐던 이성계는 홍건적을 물리치고 공민왕에게 '무신의 달'이라는 별호를 받는다. 고려라는 세상을 비추는 한 줄기 희망 같은 달이 이성계였다.

무신 이성계의 앞날은 무겁고 가혹했으나 별호가 품은 달의 품성은 무사와 상반된 부드러움과 온화함을 품고 있었다. 이성계는 아늑함을 딛고 칼끝처럼 일어서는 무사의 몸을 달의 감성으로 잠재울 줄도 알았다.

○문장으로 쌓아가는 사유의 세계

작가는 칼과 한 몸이 되고 싶었던 이성계의 열망과 고뇌를

절절한 문장으로 되살려냈다. 문장으로 만들어 가는 사유의 세계가 매력적이어서 절로 몰입이 되었고, 책을 읽는 동안 가슴을 파고드는 문장에 빨려들어 수없이 밑줄을 그었다.

혼백을 앞세워 이성계의 꿈속으로 들어온 견훤이라든가 흡혈 무리를 쓸어내는 바람의 사제, 정몽주의 딸인 시간을 삼킨 아이 누오는 또 하나의 축이 되어 작품을 이끈다. 그들이 주는 긴장감 때문에 책을 놓을 수 없었고 신비로워 자꾸만 눈길이 갔다.

백제든 고려든 한 자락 땅에서 나고 자라며 무너진들 다시 들어서는 게 나라인 것이지. 그것을 깨닫기까지 너무 많은 시간을 이승에서 허비했어.

백제의 부활을 꿈꾸던 견훤은 후세들이, 백제의 흔적을, 정신을 이어갈 거라는 이성계에게 금척을 건넨다. 그리고 자연의 섭리와 통치의 힘이 배어있는 금척(金尺)이 온전히 그대의 몸 안에 들어 있을 거라 예언한다.

황산에서 아끼던 말 '불'을 잃고 적장을 사로잡은 이성계는 다시 병든 고려를 허물고 새로운 나라를 세울 거라는 말을 듣는다. 차마 드러낼 수는 없지만, 가슴 깊은 곳에 담아두었던 새나라를 향한 열망은 오목대에서 부른 '대풍가'에서 오롯이 드러난다.

책을 덮으면서, 고려의 장수였던 이성계가 새로운 나라 조선을 연 것은, 무너진 백제를 추억하는 견훤의 말처럼, 달이 기울면 다시 차오르는 것과 같은 자연스러운 일이라는 생각이 들었다.

손가락을 부러뜨린 조르바처럼

이윤학 저, 『나보다 더 오래 내게 다가온 사람』(간드레·2021)

기명숙 (시인)

O서성거리는 불안, 시가 당도한 그곳!

이 시집은 '나보다 더 오래 내게 다가온 사람' 같았다. 하여 이윤학 시인을 만난 적 없지만 먼 곳에서 보내온 연인의 편지처럼 은밀한 '나만의 것'이어야 했다. 서평(왈가왈부) 대신 그동안 마음속 하나쯤 품고 있을 '풍경'과 숙성된 '그리움'을 아껴먹고 있었다.

40줄에 들어서 시를 배우게 된 즈음 나는 지도교수가 권한 시집을 꽤 많이 읽었던 것 같다. 시에 대한 감흥이 아니라 신춘문예 도전용인 '한 수 배우기' 위함이었다. 그때 길들인 삿된 시 독서법이 한동안 지속되었다. 현재 내 정서의 평야에 시란! 낙과(落果) 같은 것, 농부가 서너 번 실패 본 작물처럼 돌이켜보기 싫은 것이 되었다. 열패감이나 외부적인 충격을 흡수할 만큼 시가 그렇게 대단치 않다. 시라는 뮤즈 앞에 순종적이지도 그렇다고 버릴 수 있는 용기도 없는 겁쟁이에게 『나보다 더 오래 내게 다가온 사람』은 시가 효능이 아닌 詩로 읽혔다. 그것이면 된 것 아니겠는가!

○삶이란 우리가 저지른 일을 이해하는 과정

시인은 흩어진 별들의 파편을 그 사람 눈동자로 돌려주기 적당한 시기를 가늠하고 있다. '눈물이 번지지 않는 혹한의 시간' 그 절박함을 고요히 견디고 있는지도 모른다. 시인에게 그 행위는 정언명령과 같다. 이 시집을 읽는 내내 '그리스인 조르바'가 생각났다. 아들을 잃고 모든 것이 파멸에 이르렀을 때도 조르바는 미친 듯 춤을 춘다. "두목, 금욕주의 같은 걸로는 안 돼요. 반쯤 악마가 되지 않고 어떻게 악마를 다룰 수 있겠어요?"라던 원기 왕성한 야수(野)를 지나 카잔차키스의 묘비명을 구현한 '자유인 조르바'.

지금은 눈물이 번지지 않는 혹한의 시간 글썽이며 흩어진 별들의 파편을 / 그 사람 눈동자로 돌려주기 적당한 시기 수평의 별들이 수직의 별들로 바뀐 시간을 / 거슬러 그 사람에게 돌아가기 적당한 시기 / 이 세상에서 살기 불가능한 별들을 / 그 사람을 닮은 새벽별들을 / 그 사람의 눈동자에 파종한 적이 있었다 (「별들의 시

간」 부분)

우리가 저지른 일을 이해하는 과정이 삶이라면 이윤학 시인
은 지나온 삶의 파편들을 시의 뼈에 새기면서 이해하고 용서하
려 한다. 그 행위는 다시 한번 상처를 복원시켜야만 가능한 것
이다. 갈등과 단절, 결핍과 혼란을 재료 삼는 이 방식이 또 한 번
고통일 수밖에 없다. 그럼에도 '검지를 잘라버린' 조르바처럼
시인은 자신을 엄혹하게 닦아 세운다.

○ 불완전함과 미숙함을 이해하는 통로

어렸을 때 나는 수돗가에 있던 까마중을 맛있게 따먹었다.
시인의 체험과 더불어 내(독자)가 체험된 서사에서 시간은 직선
적이지 않다. 불가역적 성질의 시간이 유기적으로 결합 돼 의미
망이 환원된다. 그리하여 어머니에 대한 그리움과 추억이 현재
의 나를 따숩게 하는 것이다. 특히 사춘기 시절 외로움과 결핍
이 쓸쓸하되 이윤학 시인의 키보드를 적셨을 활자의 열매, 까마
중을 혓바닥으로 음미하며 내 과거의 불완전함과 미숙함을 이
해하는 것이다.

우리 모두 최종은 죽음일 게 분명하다. 죽음에 대한 인식과 잃어버린 박동을 되살리는 작업을 통해 시인은 그것이 결코 소멸과 상실이라고 말하지 않는 듯하다. 해설에서 "비관적 감정의 과잉 분출 대신 관조의 거리를 견지"한다고 했다. 덧붙이자면 화자 자신의 내적 세계까지도 관찰자적인 관조의 거리를 유지한다. 그리하여 과거의 정지된 이미지가 아니라 현재와 교감하는 서사적 상황을 끌어내 '시의 문법이나 효능' 따위를 염두에 두지 않더라도 저절로 스며들게 하는 것이다. 온기 가득한 얼굴로, 나보다 더 오래 다가와서 말이다.

이쁜 죄를 하나 짓기로 해요

문신 저, 『죄를 짓고 싶은 저녁』(걷는사람 · 2022)

이영종 (시인)

    그대에게 숫자를 불러 줍니다. 그대는 숫자들을 기억했다 말합니다. 인류라면 어김없이 7±2개만 다시 생각해 낼 수 있습니다. '마법의 수'입니다. 왜 그럴까요? 한 번에 100개를 회상할 수 있다면 좋을 텐데요. 한 번에 한 가지만 하라는 진화의 섭리 아닐까요. 요즘 우리의 정신은 많이 갈라지고 흩어져요. 하나에 온전히 몰입할 수가 없죠.

    유리컵에 들어있는 낮에 잉크 방울 같은 저물녘이 미끄럼을 타고 내려옵니다. 등엔 개와 늑대 사이의 시간을 켰고, 품엔 흰 밥을 짓고 있군요. 가로등 불빛이 한곳에 내리기 시작합니다. 불빛은 얼마나 오랫동안 한자리에 내려와 골목을 지켜 왔을까요. 문신 시인의 시집 『죄를 짓고 싶은 저녁』을 그대에게 읽어 줍니다. 죄에서 crime과 sin을 구별할 필요는 없습니다. 시인이 지을 죄는 아름다울 거라는 믿음을 가지면 됩니다. 그의 시를 읽으면 저녁의 블랙홀로 빨려 들어가는 느낌이 듭니다.

    시인의 저녁은 언제일까요? "싸리나무가 꼿꼿이 일어서면 저녁이다/ 이런 날 바람은 참 건들거리고 조그마한 새들도 풀숲에 들어 기척이 없다/ 비가 내리는 것이다"(「늦은 저녁때 오는 비」 부분). 싸리나무가 꼿꼿이 일어서는 저녁은 참, 몰두하기 좋습니다. 마음이 구부러져서는 어떤 일에 열중할 수가 없죠. 뒤숭숭해서는 더 안 되죠. "하루쯤 휘청, 하고 그대로 주저앉아도 좋으련만 누군가 묵묵하게 페달을 밟아대는 저녁"이어야 합니다(「누군가 페달을 밟아대는 저녁」 부분).

저녁은 그냥 오지 않습니다. "어쩌면 온종일이라는 말이 더 맞을 것이다/ 쓰라리지 않기 위해/ 울음보다 가볍다는 소리까지 몽땅 토해내야" 저녁이 옵니다. 느낌, 생각, 행동을 잘 익은 모과 하나로 툭 떨어뜨려야 오는 것이 저녁입니다. 시인은 저녁을 "무르익어 무너진 영혼의 잔해"라고 말합니다. 소리를 다 들어내지 않아도 오는 저녁을 바랐던 날도 있었지요. 그게 부끄러웠던 날도 있었고요,

시인이 저녁을 맞이하는 자세입니다. "후박나무는 후박나무답게 저녁을 맞이하고/ 저녁에는 사랑해야 하는 사람들이 부쩍 늘어나므로/ 견습생 같은 삶이라도 어설퍼서는 안" 되지요(「신도 죄를 짓고 싶은 저녁이다」 부분). 나는 나답게, 너는 너답게 저녁을 맞이하라고 하는군요. 사랑하는 사람들로 붐비는 거리는 풍선초처럼 가볍습니다. 그럴수록 거리를 잡은 발을 하나씩

어설프지 않게 옮겨야 합니다. 그런 저녁이면 "버스는/ 브레히트 서사극의 단역배우처럼 끄떡없이/ 골똘해"지고, "버스에 탄 사람들은 압도적인" 눈길 하나를 유리창에 내겠지요(「버스」 부분).

낮엔 남을 위한 일을 하기 좋고, 저녁엔 자기를 위한 일을 하기 좋아요. 자신의 불을 켜고 자신의 저녁을 즐기기 좋아요. 낮엔 에너지를 내보내기 좋고, 저녁엔 들이기 좋죠. 이제 저물녘으로 들어가 이쁜 죄를 하나 짓기로 해요. 한 번에 한 가지만 하겠다는 하얀 궁리를 하는 거죠. 놀 때는 놀기로 해요. 이야기할 때는 이야기만 해요. 걸을 때는 걷기만 해요. 음악을 들을 땐 음악만 듣기로 해요. 잘 때는 뒤척이지 말고 잠만 자요, 눈을 볼 때는 눈만 보아요. 먼 곳을 생각할 땐 먼 곳만 생각해요.

그라고 안 좋다 안 흡디요

김다연 저, 『우연히 잡힌 주파수처럼, 필라멘트처럼』(모악·2021)

오은숙 (소설가)

○우연을 가장한 필연

나는 자주 부끄럽고 지난한 삶에 짓눌려 무기력한 일상을 보내곤 한다. 지병이 되어버린 무기력증은 스무 살 무렵부터 시작되었다. 젊은 날의 나는 서정주 시인의 「자화상」을 외우며 무기력증을 떨쳐내곤 했다. 어느 때부터인가, 시인의 고백은 내게서 힘을 잃었다. 무기력증이 엄습할 때마다 삶의 동력을 어디서 찾아야 할지 몰라 버둥대다 바닥이다 싶을 때까지 내려간 뒤, 겨우 올라오기를 반복하였다. 무기력이 일상으로 자리를 잡아가던 어느 날, 김다연 시인의 시집 『우연히 잡힌 주파수처럼, 필라멘트처럼』을 만났다.

무얼 해도 기운이 나지 않았기에 시를 통해 어떤 영감을 받고 삶을 치유할 수 있으리라 기대하지는 않았다. 책장에 꽂아져 있던 파스텔블루 표지의 『우연히 잡힌 주파수처럼, 필라멘트처럼』이란 시집이 제목처럼 내 손에 우연히 잡혔다.

○무기력에 균열을 가하는 시인의 고백

머리와 가슴 사이/ 우물이 있다// 생각은 짜고/ 감정은 차갑다
두레박에서 떨어지는 물소리가 좋았으리// 그것만 펴내면/ 된다

「시인의 말」은 이성과 감성이 메마른 독자를 꾸짖는 듯하지
만, 끝에서는 괜찮다며 조용한 위로를 건넨다. 절망을 피하려
욕망을 억누르고, 상처를 피하려 감정을 스스로 식혀온 시간
들. 그 앞에서 '무기력한 삶을 어떻게 할 것인가' 되묻고, 그 앞
에서 순응을 권한다. 그러나 그 순응은 체념이 아니라, 다시 살
아보려는 최소한의 의지에 가깝다. 시인은 머리와 가슴을 일부
러 짜고 차갑게 둔 채, 삶이라는 우물에 떨어지는 물소리를 들
으라 한다. 생명이란 결국 그 미세한 울림에 귀 기울이며 앞으로
한 걸음씩 나아가는 일이라 말한다.

○무기력을 품는 시구(詩句)들

어찌 살라는 것인데, 하며 다소 공격적인 마음으로 첫 시「은
행잎지전나비」를 읽는 무기력한 독자가 있다고 치자. 그는 "새
살이 밀어내는 딱지처럼 몸속의 푸른 독毒 뽑고서" 살아가고

있다고 생각하면 더욱 무기력해질 뿐인데, 시인은 "이 얼마나 눈부신 날개인가?"라고 말한다. "밤마다 가려운 쪽으로 기우는 나무"가 그임을 알기에 뒤척임 없이 잠들었다가도 가려워 깨고 마는데, 시인은 또 노래했다. "상처 아물리던 그늘이 날개였음을 알았기 때문"이라고.

> '울컥'을 삼키자/ 코뚜레가 뚫렸다// 울지 않는 소 한 마리/ 내 몸에 묶인 것이다 (중략) 코뚜레만 남기고/ 사라진 소// 울컥할 때마다/ 내 몸에서 소 울음이 들린다

시 「38도9부」의 처음과 끝이다. 살아 있어 느끼는 절망과 고통의 열병 끝에 있는 것은 무기력이 아니며, "손가락을 내 머리에 겨누는 버릇이 생겼"다 해도 "빈 총에 쓰러져줄 줄 아는 애인이" 오기를 바라는 마음 놓지 않으니 「방아쇠 증후군」은 희망이라 한다.

○돌아오는 숨결

시집을 끝까지 읽고 덮고 나면, 무기력의 기적이 어느새 잦아들어 있음을 느끼게 된다. "여그가 그라고 안 좋다 안 홉디

요!"(「뭐더」)라고 외치며 삶을 다시 긍정하게 되는 순간이 온다. 만약 당신도 나와 같다면.

이제 시집을 펼쳐 글자들을 따라가 보자. 오독(誤讀)했기에 더 깊이 다가온 「아카시아」를 비롯해 「한도를 초과한 말」, 「가라앉히다」, 「정지론」 등 수많은 시가 당신을 맞이할 것이다. 문학평론가 문신 시인의 해설과 김유석 시인의 추천사도 시집의 의미망을 한층 풍부하게 해준다.

김다연의 시는 쌓여온 감정을 사물과의 교감 속에서 비로소 드러내고, 그 미세한 파동을 시어로 다시 조율한다. 이는 시대의 조건과 상관없이 무기력에 대항할 수 있는, 가장 사적이면서도 가장 문학적인 무기다.

익숙한 것들이 낯설어질 때

국화·미숙·이지숙·임은주·정아·차지숙·최송아 저,

『나에게 새로운 언어가 생겼습니다』(글을낳는집·2022)

정숙인 (소설가)

○선택하지 않은 것들

　때때로, 세상의 어법이 해독되지 않을 때가 있다. 내가 접하는 상황이나 기분 때문인지, 권력적 구조 때문인지 경계가 모호할 때 그렇다. 그럴 때면 이 세계가 너무 거대하고 무거워서 막막하다 느껴진다. 세상의 모든 언어가 가진 자의 것이라면, 약하고 소수인 누군가는 무엇으로 말하고 버텨야 하나. 어떻게 나를 표현하고 주장할 수 있을까.

　다수의 중증장애인을 사회복지사 1인이 지원하는 구조 때문에 시설 안에서의 장애인은, 개인이 불편해야 다수가 편하다는 암묵적 수용을 한다. 그렇게 불편함을 견딘다. 먹고 싶은 반찬이 무엇인지 묻지 않기 때문에 선택할 수도 없다. 머리카락을 기르고 싶지만 어쩔 수 없이 짧은 머리의 미소년이 되어야 했다는 깨달음도 얻는다. 삶에 선택되었을 뿐 그녀는 장애를 선택하지 않았다는 현실을 인식하는 나날을 살아왔다. 그녀 누구도, 장애를 선택하지 않았다.

억압과 해방을 주는, 몸과 맘을 이루는 나의 물질로 이루어지는 세계에서 하나 또는 그 이상의 장애는 삶의 아주 작은 한 부분일 수도 있다. 그러나 그것은 또 생(生)의 전부라서 나의 모든 것을 옭아매고 만다.

몸과 마음이 불편한 상황일 때는 사람과의 관계나 일상이 모두 예민해진다. 현재의 장애가 감기처럼 지나가지 않는다면, 평생 그 예민함 속에 살 수밖에 없다.

○ '온전한 나'라서

『나에게 새로운 언어가 생겼습니다』는 임은주, 국화, 미숙, 차지숙, 이지숙, 정아, 최송아 모두 일곱 명의 그녀가 폴라로이드 사진처럼, 나와 너의 기록으로 완성한 손바닥 에세이다. "가족의 선택으로 시설에서 오랜 시간 살아"오거나 할머니와 살아온 시간이 더 많던 그녀. "늘 남의 시선이 먼저" 보였던, "민폐 끼치지 않는 사람이 되어야 한다는 생각"을 했던 그녀. 우리 사회가 여전히 "남의 문제"로 여기는 "나의 문제"이며 타인을 바라보는 시선의 깊이와 태도에 대해 다시금 성찰하게 만드는 구체적인 삶의 이야기. '온전한 나'로 살고 싶은 마음이 담긴 솔직한 이야기는 '일곱 개의 새로운 언어'로 드러난다. 인생이란 스스로 "밀어야만 열리는 문"이라는 성장기를 완성해냈다. 한때 좌절했으나 절대 포기하지 않았으니까.

타인의 장애나 고통을 나누지 못하는 사람의 말은 일회성 위로일 뿐일 수 있기 때문에, 내가 나를 속이며 스스로 "나의 분석가"가 되어야 한다고 믿는 그녀. 그 상황을 벗어나고 싶은 마음의 간절함이 더해져서 어떤 장애, 역경에도 정직하게 현상을 돌파하는 지혜로 살아가야 하는 것이라는 답을 얻기까지 그녀들은, 참 얼마나 아팠을까.

거울을 보고 조심조심 발라도 지멋대로 발라지는 게 장애 때문이라던 생각을, "원래 내 생김새"라며 자신에게 "예쁘다 귀하다" 말을 건네는 그녀. 늘 글을 배우고 싶었지만, 손이 맘대로 움직여지지 않아 포기하던 그녀가 남편에게 투정을 부리는, 우리와 전혀 다르지 않은 그녀.

결혼과 이혼, "평화로운 하루를 좀 더 빨리 갖지 못한 것"을 꼽는 그녀의 마음을 따라갈 때 우리도 함께 안타까워지고. 그런 그녀가 장애인자립생활센터의 활동가이자 인권 강사이며 상담가인 다니엘을 만나며 "누군가가 나로 인해 행복해지는" 꿈을 다시 꿀 때는 우리도 그녀와 함께 행복해진다.

내가 누군가의 손을 잡아주지 않을 때 그가 잃어버린 오늘은, 우리의 내일로 온다. 나와 다른 누군가의 절망이 아니라 나의 절망이어서, 너의 절망인 채로 두어서는 안 된다. '타인의 시선이 곧 나의 시선'이므로, '그들의 시선을 판단하는 것은 내 시선'이므로 '편견의 족쇄를 푸는 열쇠는 내 눈에 있'다는 것을, 다시 생각한다.

3부

감사라는 이름의 축복

배려를 가르쳐 준 이름, 가족

이순미 저, 『왁자지껄 바나나 패밀리』(살림어린이 · 2019)

김근혜 (동화작가)

초등학교 3학년 때로 기억한다. 본가에서 분가한 우리 가족
은 부엌 하나에 방이 달랑 두 칸인 집으로 이사를 했다. 두 칸 중
한 칸은 누우면 머리와 발이 벽에 닿을 정도로 작은 쪽방이었
는데 짐 풀기 무섭게 언니가 차지했다. 침 발라 놓았냐며 따져
물었지만, 내 편을 들어주는 이는 아무도 없었다.

같이 밥을 먹고 놀다가도 언니는 시간이 되면 자기 방이라
불리는 곳으로 쏙 들어갔다. 나에게는 허락되지 않았던 언니의
방. 지금도 그 방으로 들어가는 언니를 떠올릴 때면 가슴에서
찌르르 귀뚜라미가 운다.

이순미 작가의 『왁자지껄 바나나 패밀리』. 이 동화 속 주인
공도 혼자만의 방은 꿈도 꿀 수 없다. 집이 비좁은 탓도 있지만,
가장 강력한 이유는 무려 아홉 명이라는 가족 구성원 때문이다.
이 가족의 일상은 상상을 뛰어넘는다. 세숫대야보다 큰 냄비에
서 끓인 된장국은 몇 번 떴다 하면 바닥을 드러내고 수북이 쌓
였던 반찬은 젓가락질 대전이 끝난 뒤면 공룡 혓바닥이 핥고 지

나간 듯 깨끗하다. 다행히 누구 하나 투정 부리지 않는다. 그들에게는 일상이기 때문이다.

  주인공 약용은 일곱 형제 중 가운데 끼인 넷째다. 낀 아이답게 약용은 있는 듯 없는 듯 순하고 성실하다. 약용은 단 한 번도 식구가 많은 걸 부끄러워하지 않았다. 친구 동하가 "요즘 세상에 식구 많은 건 이상한 거다"라고 말하기 전까지. 어찌 된 일인지 그 후로 약용은 식구가 많은 게 부끄러웠다. 그래서였을까? 약용은 가족 얘기만 나오면 움츠러든다. 그러던 중 누나 핸드폰을 부수었다는 오해를 받고 화가 난 약용은 혼자만의 방을 만들어 자유를 만끽한다. 과연 약용의 자유는 오래 유지 될 수 있을까?

  가족을 부끄러워하면 꼬리표가 되지만 자랑스러워하면 이름표가 된다.

  가족을 부끄러워하는 약용에게 영어 선생님의 충고는 가히 머리에 쏙 들어찬다. 가족의 형태는 참으로 다양해서 정석도 없고 해답도 없다. 그러나 한창 민감할 나이의 아이들에게 어떤 가족을 두었냐는 삶의 중요한 척도일 수 있다. 꼬리표를 떼지 못하고 힘들어하는 우리 아이들에게 동화 속 에이미 선생님, 약용이 아빠처럼 어떤 상황에서도 절대 기죽어서는 안 된다고 실패와 성장을 지켜봐 주는 가족이 있어서 너는 행복한 아이라고 자분자분 말을 걸어보는 시간을 가지는 건 어떨까.

가족이 많다는 건 배려가 저절로 몸에 배는 것이지 싶다. 그것은 누가 가르쳐 주는 것이 아니다. 형제, 자매들의 틈바구니에서 자라다 보면 저절로 습득되는 성품이다. 더 먹고 더 가지고 싶어도 왠지 모르게 동생이 눈에 밟히고 오빠의 희뜩하게 뜬 눈이 마음에 걸린다. 결국에는 모두를 위해 내 것을 희생하고 만다. 결심과는 다르게 결국 그렇게 되고 마는 일은 세계 7대 불가사의에 맞먹는 미스터리가 아닐 수 없다.

나도 낀 아이이다 보니 이 책의 주인공 약용의 마음이 충분히 이해된다. 이리 치이고 저리 치여서 생채기 난 마음은 어른이 된 지금도 흉터로 남았다. 지금은 그 흉터를 가린 채로 살기보다 드러내 놓는다. 솔직해지면 질수록 흉터가 빛나는 별이 되기도 하기에.

복작복작, 아옹다옹하며 좁은 집에서 투덕거리던 시간을 지나온 세대에게 가족은 배려를 가르친 최초의 사회집단이었다. 지금 당신의 마음에 녹아든 배려는 당신 옆의 가족이 있기에 가능했던 일이다.

어디서든, 누구에게나 떳떳하게 말할 이름표가 되기를 바라는 작가의 마음처럼 오늘 우리 가족의 이름표를 만들어보면 어떨까? 둘이 사는 해님 달님 가족, 두 가족이 합쳐진 비빔밥 가족, 식구가 많은 왁자지껄 바나나 가족. 이름표를 붙이며 가족과 눈을 맞춰 보자. 감사하고 사랑한다는 낯부끄러운 말이 방언처럼 터져 나와 소스라치게 놀랄지도 모른다.

너와 나의 다정함에 기대 살아가기

김훈비 저, 『다정소감』(안온북스 · 2021)

김정경 (시인)

지난 연말 크리스마스 앞뒤로 휴가를 냈다. 일찌감치 휴가 계획을 세우면서 '부모님도 뵙고, 밀린 책도 눈 따가울 때까지 읽고, 친구들도 만나야지!' 하고 신이 났더랬다. 얄궂게도 크리스마스이브부터 시름시름 앓기 시작했다. 몸살감기에 걸린 거다. 문제는 정말 오랜만에 J와 만나 점심을 먹으려고 집으로 초대한 크리스마스 이틀 뒤였다. 하루 전에 병원에서 받아온 감기약도 먹었겠다, 좀 나아지려니 했는데 멎지 않는 기침도 괴롭지만, 두통과 현기증 때문에 몸을 가눌 수 없는 거다. 결국, J는 죽을 사다 주고 물을 끓여주고 약을 챙겨주며 꼬박 한나절 동안 병간호를 해 주었다.

너무 오랜만에 아플 때 누군가 곁에 있다는 게 어떤 느낌인지 경험했다. 어색하고 미안하고, 그래서 조금 불편한 기분. 좋은 점도 있었다. 자다가 깨어 물을 찾거나 화장실에 가려고 침대에서 몸을 일으켰을 때 다른 사람의 기척이 지척에서 느껴진다는 건 참 안심되고 다정한 거구나, 새삼 알았다.

제목부터 다정한 김혼비의 『다정소감』은 다정한 시선과 언어유희와 위트가 조화로운 책이다. 예를 들자면 이런 식이다. 「책으로 인생이 바뀐다는 것」의 첫 문단은 앤서니 호로비치의 소설 『맥파이 살인 사건』에 나오는 문장을 소개하면서 시작한다. 책 때문에 인생이 바뀌는 경험을 하려면 떨어지는 책에 맞는 수밖에 없다는 어느 작가의 글을 전하며 그는 실제로 떨어지는 책에 맞은 적이 있다는 얘기를 꺼낸다. 책으로 제 발등 찍은 이야기. 그러면서도 짐짓 진지하게 인생을 바꿀 만큼 새로운 세계를 눈앞에 펼쳐 보여준 책들의 세계로 초대한다.

이 책에는 프롤로그와 에필로그를 제외하면 모두 22편의 산문이 수록돼 있는데, 그중에서도 「비행기는 괜찮았어」는 코끝을 찡하게 하는 구석이 있다. 작가가 외항사(外航社)의 승무원이 되어 첫 비행을 앞뒀을 때의 일. 스스로 매번 새롭게 놀랄 정도로 손재주가 없던 김혼비 작가는 다른 사람들이 머리부터 화장까지 30분 안에 준비를 끝낼 수 있게 됐을 때도 한 시간이 더 필요했다. 첫 비행 전날 밤, 늦게까지 비행 전 브리핑을 준비하느라 그만 늦잠을 자버렸다. 원래 새벽 3시에 일어나야 하는데 그만 1시간이나 늦어버린 것이다. 울 것 같은 기분으로 씻고, 화장하는데 잘될 리가 있나. "망했다!" 발을 동동 구를 때 거짓말처럼 초인종이 울린다. 문 앞에 여자 동기 네 명이 서 있다.

다들 침대에서 바로 몸만 빠져나온 듯 파자마 위에 점퍼를 걸친 차림으로, 얼굴에 졸음을 조롱조롱 붙이고 와서는 A는 빗, B는 헤어드라이어, C는 핀과 스프레이, D는 브러시를 들고 일사불란하게 움직인다. 화장도 머리 손질도 서툰 동기가 걱정 돼서 새벽바람 맞으며 달려온 사람들. 늦지 않게 준비를 마친 그녀는 친구들의 배웅을 받으며 무사히 첫 비행을 떠난다.

작가는 망했다는 생각에 얼어붙어서 꼼짝하지 못하는 순간 갑자기 나타나는 구원의 손길들, 그 손들이 누군가가 바라는 형태로 변화할 수 있도록 마음과 온기를 보태는 과정 같은 것, 낭패감에 처지고 구부정하게 말린 어깨를 펴게 해주는 따뜻한 눈빛 같은 것이 연대이고, '다정'이라고 이야기한다.

왜 아니겠는가. '이대로는 도저히 안 되겠다. 더는 못 하겠다.' 싶은 순간에 어디선가 손들이 나타났다. 그 손들이 주저앉은 내 손을 잡아 일으켜 세우고, 물을 떠다 주고, 어깨에 묻은 검불을 털어주고, 부드럽게 등을 밀어주었다. 내가 사랑하는 것들에게 다시 다정하게 다가갈 수 있도록. 그 다정의 감각을 나는 몸으로 익혔다. 힘을 얻었다, 용감하고 다정한 J와 친구들에게서.

서로에게 다정하게 기대, 서로의 다정함에 기대, 올해는 당신도 나도 조금 더 멀리까지 갈 수 있기를. 씩씩하게 다시 돌아올수 있기를.

순례자를 위한 가난한 기도

필립 자코테 저,『순례자의 그릇: 조르조 모란디』(마르코폴로·2022)

김현수 (시인)

그림이 가진 사색의 힘을 필립 자코테의 언어로 만나보았다. 50여 페이지의 얇은 책은 그림과 글의 닮음으로 가득하다. 이 책의 시작은 독일의 시인 라이너 마리아 릴케의 명상시「두이노의 비가」의 한 구절을 인용하며 시작한다.

"어쩌면 우리가 여기 있는 건 집, 다리, 분수, 현관, 항아리, 과수밭, 창문, 기껏해야 기둥, 탑… 이런 걸 말하기 위해서인지도 몰라"

정물의 시적 예술성을 완성한 사람은 화가라고 생각하며 필립 자코테는 자기 삶에 내재한 예술 감각과 모란디의 작품세계를 분석했다. 오래된 사물의 흔적과 고요하고 단순한 선이 주는 평온함, 불투명하고 부드러운 빛, 모란디의 그림을 봤을 때의 느낌이다.

모란디의 작품을 보면 처음에는 뭉클한 감정에 녹아들고 다음 순간에는 자신의 감정에 동요하게 된다. 절제된 감성의 미학을 그려낸 모란디는 삶의 대부분은 정물화를 그렸다. 각각의 물성을 제거하며 단순한 정물의 형태를 배치하고, 음울하게 낮은 채도로 모노톤에 가까운 색조를 사용했다. 깊이감 있는 색채와 사색적인 분위기가 감돈다.

모란디는 볼로냐에서 거의 떠나지 않고 3평도 안 되는 작은 방 하나를 침실과 작업실로 썼다. 자신만의 소신으로 새로운 경험이나 자극을 불편해했고 거의 은둔하며 살았다. 그가 유일하게 흥미를 느끼는 것은 공간, 빛, 색, 형태였다.

모란디는 병(瓶)의 화가라 불릴 만큼 정물 중에서도 다양한 병을 모티프로 그렸다. 그릇과 꽃병, 물병과 병치된 물건들을 장식화처럼 그렸다. 다소 지루해질 수 있지만 물체 하나를 더하거나 빼거나 자리를 옮기며 실험해 나갔다. 가시적인 세계에 연관된 것들을 탐구하며, 차분한 붓질 속에서 미묘한 울림을 느낄 수 있다. 모란디는 자신이 존경한 세잔과 같이 끊임없이 탐구한 화가였다. 일상적인 소재에 사색과 예민한 직관으로 독특한 질서와 새로운 가치를 부여했다.

시인 필립 자코테는 이탈리아 화가 조르조 모란디의 정물화를 자주 들여다보았다. 그 자리에 '존재'하는 사물들을 바라보며 사색하는 시간은 복잡스러운 일상을 해방시켜준다. 혼돈의 세상에서 홀로 떨어져 자신만의 방식으로 살아가는 사람들, 평범한 물건을 굽어보는 시선에서 강렬한 집중력을 느낄 수 있다. "마음속에 이미 다음 수, 나아가 체스판의 전체의 수를 읽으며 자신 앞에 놓인 수를 어떻게 둘지 곰곰이 생각하는 명인"에 비유하면서 말이다. 시처럼 아름다운 문장과 뾰족한 생각이 켜켜이 쌓여있다.

평론가 체자레 브란디는 모란디의 회화에 대해 "시간의 바탕에서 추억이 떠오르듯 공간의 바탕에서 점점 가까이 다가온다. 바다 저 멀리 있던 한 점이 점점 배 한 척이 되는 것 같다."라고 말했다.

정물이라는 주제가 갖는 정형화된 기물의 변주가 시간의 순례자를 끌어당기고 있다. 기다리고 견디며 침묵하고 스며드는 일을 모란디의 그림에서 만났다. 평생 거의 유사한 작업을 반복한 그의 광기, 시종일관 차분했던 그는 계속 변화를 주며 여전히 무언가를 시도했다.

그림이 주는 매력은 다양하다. 화집을 펼쳐 보고 그날의 기분에 맞는 그림을 보며 그림이 주는 다정한 위로 속으로 들어가 보자.

왜 살아가는가? 라는 질문이 찾아들 때면 나는 모란디의 그림을 들춰본다. 너무 많은 일과 순간에 의미를 부여하지 말고 주어진 삶에 충실하면서 살아가는 것을 말하고 있다. 단순하게 덜어내며 살아가는 일, 평온했던 일상에 교차하는 많은 고된 일들, 무채색의 정물화가 안겨주는 크고 작은 의미가 선명하게 마음을 흔들 것이다.

들어라, 반성할 줄 모르는 유령들아

최기우 저, 『조선의 여자』(평민사·2021)

문신 (문학평론가·시인)

○역사 앞에 선 인간의 윤리

역사는 '그때 그런 일이 있었다'라고 압축할 수 있지만, 기억은 한 줄의 문장으로 추려 쓸 수 없다. 역사는 과거형으로 마침표 찍어도 되지만, 기억은 쉼표를 찍어가며 거듭 살아지는 것이다. 그런 까닭에 우리의 삶은 역사의 문장으로 기록되지 않고 영혼의 노래로 기억된다. 이것이 극작가 최기우의 희곡집 『조선의 여자』를 읽고 난 대체의 감회다.

작가 최기우가 기억해 낸 일은 일제강점기 후반 조선 사람들의 심연이지만, 그가 기록하고 있는 것은 한 세기 가까운 시간이 흐른 현재의 대한민국이다. 막이 시작하면 "가난이야 가난이야. 웬수녀르 가난이야"라고 송동심이 부르는 노래는 우리 시대에도 유효한 탄식이다. 그러나 최기우의 손끝에서 야무지게 기록되는 것들은 진부한 가난 서사가 아니다. 먹고사는 문제로부터 발생하는 인간적 윤리와 역사적 성찰의 부재야말로

뼈아픈 인간적 실책이라는 것이『조선의 여자』에 기록된 기억이다.

『조선의 여자』는 1943년 봄부터 1946년 겨울까지를 담고 있다. 기본 서사는 송순자, 송동심 두 이복자매가 위안부로 끌려갔다가 심신이 만신창이가 되어 돌아오는 것이다. 하지만 서사의 본질은 제국화되어 있는 남성적 폭력의 허위성을 폭로하는 데 있다. 가족 서사를 바탕에 둔『조선의 여자』는 제국주의적 폭력의 실체를 구체적으로 폭로하기 위해 가족 내 남녀의 권력 역학을 상징적으로 보여준다. 아버지 송막동은 도박중독자로 반월댁, 세내댁 두 여성을 거느린다. 이 구도는 본부인과 첩을 공공연하게 거느렸던 전근대적 관계이다. 그러나 개화된 시대에도 이 구도는 아들 송종복과 두 딸의 관계 속에 한 치의 오차도 없이 정확하게 카피(copy) 되어 있다.

○진심이 되어야 할 양심들

이러한 상징 권력은 폭력으로 지탱된다. 송막동이 반월댁, 세내댁을 향해 폭력을 행사하는 일, 위안부 징발을 피해 부랴부랴 시집간 송순자가 남편에게 당하는 폭력, 송동심이 헌병에게 당하는 폭력은 개인에게 내면화되어 있는 제국주의의 상징이다. 그러나 주목하고 싶은 것은 폭력은 가해자와 피해자 모두를 파멸시킨다는 작가의 관점이다. 위안부로 끌려가 만신창이가 되어 돌아온 송순자와 뒤늦게 자신의 실책을 깨닫고 자기손목을 도끼로 찍어버리는 아버지 송막동 모두 제국주의의 폭력에 희생되었다.

그러나 21세기에도 상징 폭력이 건재하며, 새로운 희생자를 찾아 호시탐탐 기회를 엿보고 있다는 사실을 최기우 작가는 놓치지 않는다. 작가는 1945년 당시 일본 천황의 항복선언문 낭독과 현재 일본 정부의 위안부 망언 관련 뉴스를 효과음으로 들려준다. 이렇게 반성할 줄 모르는 유령들이 환청처럼 떠돌아다니는 것이 역사의 현장이다. 방심하는 순간 우리 역사는 왜곡된 기억으로 떠도는 "사람 가죽 뒤집어쓴 승냥이들"에게 처참하게 물어뜯길 것이다.

기억은 기억하는 사람과 함께 희미해지다가 종국에는 사라지고 만다. 이것이 기억을 기록해야만 하는 이유다. 중요한 것은 기억을 기록으로 옮기는 과정에서 누락 되는 진실을 얼마나 간절하게 지켜내느냐이다. 기록하는 사람의 양심과 기록하고자 하는 의도가 중요하다는 뜻이다. 그런 점에서『조선의 여자』는 작가 최기우가 기록한 우리 시대의 진심이고자 한다. 그 진심 속에 역사와 시대의 양심이 뜨겁게 살아 있다.

투명한 청춘의 여행

다자이 오사무 저, 『인간실격』(민음사 · 2012)

박태건 (시인)

　가을볕이 찬란하다. 나뭇잎 하나에도 가을 냄새가 난다. 계절의 표정이 바뀌는 이 계절에 나는 태어났다. 진통이 시작되자 어머니는 심호흡을 하며 눈부시게 파란 하늘을 보았다 했다. 파란색은 하느님의 색. 하늘이 사람을 내일 적에는 귀애하는 것도 함께 내어준다고 하였으니, 손가락 사이에 닿는 햇볕이 혈육 같다. 가을빛 풍성하게 쏟아지는 창 앞에서 바라노니, 내가 가는 날도 오늘 같길······

　"가을은 여름이 타고 남은 것"이라 했던 다자이 오사무는 일본 데카당스 문학의 대표 작가다. 데카당스는 퇴폐주의 혹은 염세주의. 섬세하고 감각적인 문체로 인간관계에 대한 공포와 회의를 표현했다. 텔레비전에 나온 사람들이 뻔뻔한 표정으로 뻔뻔한 이야기를 펀펀(fun fun)하게 한다. 주객이 전도되고 주어가 없는 말들이 뛰어다닌다. 취한 시정잡배의 말들을 나는 이해할 수 없다. '모두 병들었는데 아무도 아프지 않은' 것처럼 세상이 돌아간다.

다자이 오사무의 자전 소설『인간실격』은 서로 속고 속이며 사는 위선적인 사회를 고발한다. 주인공 '오바 요조'는 자신이 속고 있다는 사실도 깨닫지 못하고 아무렇지도 않은 듯 사는 사람들이 무섭고 두렵다. 거짓을 겨루며 사는 사회란 "참으로 산뜻하고 해맑고 명랑한 불신의 무대"다. 어린 '요조'는 위선적인 세상에 위악으로 대응한다. 익살과 위악은 소심한 이의 위장의 기술이다.

광대처럼 자신을 숨기고 살다 보면 남은 것은 허무뿐이다. "겁쟁이는 행복마저도 두려워하기"에 총명하고 아름다웠던 청년은 서서히 파멸에 이른다. 소설의 주인공처럼 다자이 오사무도 서른아홉의 나이로 자살했다. 자살은 '인간실격'일까? 죽음으로 자신을 지키려 했던 이들을 나약함으로 폄훼하지 말자. 키에르케고르의 말처럼 "사람이 절망에 빠질 때는 오직 자기 자신에게 절망할 때"니까.

나도 한 십여 년 월급을 받으며 출퇴근했던 시절이 있었다. '직장을 그만두면 복귀할 수 없을 것 같은 두려움'에 휴가도 마음대로 못 쓰고 살았다. 직장에서 견딘다는 것은 조금씩 비겁함을 견디는 일. 소설 속의 인물처럼 적당히 거짓을 교환하는 일. 어쩌면 직장생활은 자맥질 같은 것이 아닐까? 물속에서 숨을 참듯이 버티고 버티다 결국 견디지 못하고 떠오르는 것처럼 여행은 현재를 견딜 수 없을 때 떠나는 것이다. 벗어나는 것이다.

며칠 전, 전주시 노송동에 있는 오래된 이발소에 갔다. 팔순의 이발사는 가위질만 60년이라고 했다. 기린봉으로 향하는 언덕배기의 작은 이발소에는 연탄난로가 지펴져 있었고 곁에는 서너 개의 연탄이 포개져 있었다. 이 연탄이 다 타고 나면 쌓인 순서를 바꿔 길가에 쌓일 것이다. 그리하여 눈이 오고 길이 얼면 연탄은 찬란히 부서질 것이다. 연탄재가 쌓인 이 언덕에서 나는 어린 시절을 보냈다.

연탄재가 쌓인 언덕을 떠나기 위해 가방을 싸던 밤이 생각난다. 언제 돌아올지도 모르는 짐이었다. 그때 누군가 왜 떠나느냐고 묻는다면 '막막함 때문이었다'라고 말했으리라. 젊은 청춘이었던 시절 나는 가벼워지고 싶었다. 떠난다는 것은 용기가 필요한 일. 시시포스의 형벌처럼 반복되는 일상의 비루함을 견딜 수 없을 때, 우리는 '저곳'을 상상하고 여행을 떠난다. 그때부터였을까? 나는 여행 중이었다.

사르트르는 "인간은 타인에게 어떻게 보이는가를 평생 의식한다"라고 했다. 소설 속 '요조'처럼 나도 가을 햇볕이 담뿍 드는 이발소 의자에 앉아 '째깍째깍' 가위질 소리를 할아버지의 시계 소리처럼 졸음에 겨워 듣는다. 그리고 기린봉 언덕배기에 이발소를 차리고 아이를 키워 제금낸 노인과 눈이 와서 미끄러운 언덕길에 산산이 부서지고 또 부서졌을 연탄들을 생각했다.

『인간실격』을 소개하기로 마음먹은 것은 그때다.

오늘의 동양과 서양은 어떻게 만들어졌나

백승종 저, 『신사와 선비』(사우·2018)

안성덕 (시인)

동서고금, 어느 나라 건 나라를 경영하는 데는 '법'이 있었다. 동서고금, 어느 민족이건 한 사회를 끌고 가는 데는 특별한 '정신'이 있었다. 어느 시대 어느 나라 어느 민족 어느 사회 건 결국 법이 축이 되고 정신이 윤활유가 되어 역사를 썼던 셈이다.

사람 사는 세상, 더불어 살아가는 세상의 큰 얼개야 법으로 정했으나, 그 세상 구성원들의 가치관과 도덕률은 정하지 않았다. 사람 사는 세상의 지극히 당연한 것들을 굳이 따로 정할 필요가 없었겠다. 법으로 정하지 않은 그 정신이 구성원들 내면에 스며 민족 유전자가 되었다. 면면히 이어져 시대와 사회를 유지할 수 있었다.

『신사와 선비』는 비슷하면서도 다른, 신사와 선비의 길을 알아본다. 저자가 서문에서 밝힌 대로 "신사와 선비는 기득권층의 대명사였다, 그들 가운데는 재벌과 권력을 앞세워 무소불위 세력을 행사하는 사람들"도 적지 않았다. "신사와 선비는 동서양의 지배층으로 온갖 비리와 부정으로 세상을 망가뜨리기도 하였으나, 세상이 신사 또는 선비라 부른 크고 작은 벼슬아치들이 세상의 모범"이 되기에 족한 때가 많았다.

3부로 구성된 책에서 1부는 신사의 역사다. 중세 기사도를 계승한 신사도가 근대 서구 시민의 교양으로 발전한 과정을 살핀다. 신사의 가치관과 태도가 서구사회의 중요한 발전 동력이었기 때문이다.

2부는 조선조 멸망과 함께 쇠락한 조선 선비의 길을 더듬는다. 선비들은 도덕적 가치를 중히 여기는 독특한 식자층이었다.

마지막 3부에서 저자 백승종은 선비정신과 선비문화가 한국의 미래를 밝히는 등불이 될 수 있다고 주장한다. 동서양의 역사를 조망하며, 우리가 나갈 길을 모색한다.

어제의 역사가 첩첩 쌓인 오늘의 문제를 해결하고 미스터리한 내일을 살아낼 어떤 혜안을 주기는 쉽지 않을 것이다. 그러나 저자의 말처럼 우리는 역사 속에서 "섬광처럼 반짝이는 지혜의 보석을 발견할 수도 있"을 것이다.

어제는 히스토리(history), 내일은 미스터리(mystery), 오늘은 선물(present)이라는 서양 속담이 있다. 살아낸 어제는 이미 역사가 되었고 살아내야 할 내일은 알 수 없어 미스터리하다는 이야기이리라. 내일을 살아야 할 우리가 어제의 일, 역사를 알아야 하는 이유는 자명하다. 그것은 미스터리한 내일을 살아가기 위한 좌표 확인이다. 저자 백승종은 역사든 한 시대를 지배하는 어떤 현상이든 문화적 전통은 지속적으로도 단속적으로도 나타난다고 말한다. 중세 기사도에서 출발해 서구사회에 천년 시민 정신으로 뿌리내린 신사도에 비해 선비정신은 조선의 멸망으로 맥이 끊겼으나 오늘날 부활할 기미가 보인다고 진단한다.

아시아의 네 마리 용 중에서도 비상하는 용으로 단연 그 위상을 바꾼 대한민국, 산업화 과정에서 많은 것을 얻었지만, 잃은 것 또한 많았다. 선진 기계문명인 서양 것을 비판 없이 숭배 답습했다. 지극히 고리타분하고 후진적이라며 우리 것은 일고의 고민도 없이 배척했다.

그러나 오늘날 우리 한국의 위상을 보라. 정치적인 것은 아니겠으나, 경제적 문화적 위상은 가히 세계가 부러워하지 않은가. k-반도체, k-pop, k-drama 등 이미 세계의 기준이 되었거나 기준이 되어가고 있는 것이 많다. 우리 내면의 선비정신을 깨워야겠다. 깐깐함과 고집불통은 선비정신이 아니다. 시대와 사회를 끌고 가는 것은 군왕이 아니라 그 시대에 깃든 시민 정신이다.

노동자, 노래하다

뻐라짓 뽀무 등 저, 모현 까르끼·이기주 역,

『여기는 기계의 도시란다』(삶창·2020)

이경옥 (동화작가)

얼마 전, 우연한 기회에 이색적인 시집을 읽게 되었다. 한국에서 일하는 네팔 이주 노동자 35명이 쓴 시집이다. 세계에서 가장 높은 에베레스트산을 바라보며 살아온 그들이 고층빌딩 숲이 있는 우리나라에서 가장 낮은 노동자로 살아가면서 느낀 소회를 담은 내용이다.

현재 한국 사회 노동 현장에서는 이주 노동자들이 없으면 농수산업에서부터 건설 현장까지 유지할 수 없을 정도다. 즉, 한국 경제는 이주 노동자들의 착취를 통하지 않으면 한 발짝도 앞으로 나아가는 게 불가능한 수준이 되었다. 특히나 노동집약적인 부문은 더하다.

이들이 쓴 『여기는 기계의 도시란다』라는 시집을 통해 이주 노동자의 노동 현실을 엿볼 수 있다. 물론 그들이 고향을 그리워하는 것과 그들의 전통과 관습을 알리는 시도 있지만 35명이 공통으로 보여주는 정서는 한국 노동 현장의 일그러진 모습이 대부분이다.

○기계가 된 노동자

한국인들이 하기 싫어하는 일을 하며 '기계'가 된 그들의 시에서 '한국인들이 보고 싶어 하지 않는 한국'이 여실히 드러난다.

사람이 만든 기계와/ 기계가 만든 사람들이/ 서로 부딪히다가/ 저녁에는 자신이 살아있는지조차 알 수가 없구나/ 친구야 여기는 기계의 도시란다/ 여기는 사람이 기계를 작동시키지 않고/ 기계가 사람을 작동시킨다// (중략) // 이 기계의 도시에서/ 기계와 같이 놀다가/ 어느 사이/ 나도 기계가 되어버렸구나 (서로즈서르버하라의 「기계」 부분)

인간의 존엄성을 찾을 수 없는 노동 환경에 대해 이제는 당연한 듯 무심하게 느끼고 받아들이고 있는 '기계의 노예화' 상황을 부끄러울 정도로 여실히 보여준다. 그리고 '기계가 사람을 작동'시킨다는 비판을 넘어 우리가 점점 기계화되어 가는 현실을 바라보게 한다. 또 다른 작품에서도 노동 현장에서 인간적인 존엄성을 인정받지 못하는 로봇과 같다고 토로한다.

아무것도 배우지 못한 문맹처럼/ 로봇을 만드는 나라에서 로
봇이 되어/ 자신의 성실한 노동의 시간을 보낼 때/ 가끔은 휴대폰
의 사진첩을 본다. (딜립 반떠와의 「나」 부분)

이들의 눈에 비친 한국은 노동자들을 로봇으로 만들어 거대
한 기계에 속한 부품으로 종속하는 곳이다. 한국을 기회의 땅
으로 생각하며 들어왔지만, 오히려 마음의 상처와 고통 속에서
살아가고 있음을 호소한다. 물론 산업현장에서 인간을 부품
화하는 현상이 한국에서만 나타나는 건 아니다. 하지만 이들의
눈이 아니라 한국인의 시각에서도 노동 현실이 녹록지 않은 건
어제오늘의 일은 아니다.

네팔 노동자들은 시를 통해 변화되지 않는 한국 노동 현장
의 속살을 고스란히 보여준다. 단순히 외국인 이주 노동자뿐
아니라 해마다 노동 현장에서 우리 노동자들의 사고사를 접하
는 것은 이제 흔한 일이 되어버렸다. 사람을 도구화하는 걸 아
무렇지 않게 여기는 노동 현장은 이주 노동자와 더불어 비정규
직으로 방치된 우리 젊은이들과 아버지들의 두려운 하루를 생
생하게 보여준다.

이 사회 가장 낮은 곳에서 일하면서도 목숨을 담보로 할 수
밖에 없는 장면을 여과 없이 드러내어 시를 읽는 내내 마음이 착

잡했다. 힘겹게 살아가는 노동자들의 사회 구조적 상황이 언제쯤 달라질지 알 수는 없다. 다시 한번 우리 노동 현실의 변화를 생각해 보는 시간을 가져야 할 일이다.

별빛을 눈썹에 받아내겠어요

김헌수 저, 『다른 빛깔로 말하지 않을게』(모악·2020)

이영종 (시인)

당신은 요즘 무슨 색깔로 사시나요? 함박눈 색조를 따라가려는 폭설같이 어려운 일이겠지만, 오늘 김헌수 시인의 소묘를 흉내 내 보려 해요. 점이 선이 되고, 면적이 되고, 공간이 되고, 삶이 되는 세계는 어떤 색을 띠고 있을까요. "별들이 무한하게 자랄 때까지 그들이 찬란해질 때까지 초승달로 문고리를 달아 놓고", 시인의 "별빛을 눈썹에 받아내면"(「유월 하늘에 뜨는 별은」부분), 그런 색을 가질 수 있을까요.

『다른 빛깔로 말하지 않을게』를 읽기 전까지 정체성에 대해 곰곰이 생각해 본 적이 없어요. 그래서 작은 목소릴 점묘법처럼 내 마음에 찍어보려 해요. 너는 누구야? 어디로 가고 있어? 너와 잘 맞는 사람들은 어디에 있지? 어떻게 적응하지? 너를 바꾸는 편인가, 주위를 변화시키는 편인가? 살면서 "커튼콜이 드리워진 밤에는/ 특별한 목소리를 포박해 둘"(「벨칸토 음악회를 보고 온 날에는」부분) 겁니다. 그 목소리들 삶에 쌓이겠지요. 특이한 무늬가 생기겠지요. 그 무늬 다시 불러줄 환호성이 있을지 모르겠네요.

"불안은 꽃 피지 말고/ 같이 살아보자고 몸부림만 치고 있어요"(「리모컨만 만지작거리는 하루」 부분). 내 멋대로 움직일 수 있는 게 리모컨뿐인 날들이 있지요. 없음에서 멀어져 있음으로 가고 싶은 날들이지요. 그런 날, 다른 이들과 구별되는 고유한 컬러를 가지고 있다는 생각을 해요. 사람이 빛을 받으면 자신만의 독특한 색상을 내뿜는다고 합니다. 피어날 생각에만 매달려 있다 불안으로 떨어지는 날도 많았어요. 뿌리로 더불어 살아볼 생각을 해야겠어요. "숲을 걷다가 씻어내지 못한 얼룩에 갇히더라도"(「결벽증」 부분), 서로의 얼룩을 닦아 주어야겠어요. "발바닥이 튼튼해서 신발을 신지"(「피핀과 메리와 나는」 부분)않아도 되는 발에 숲을 신겨주어야겠어요.

본질은 본디부터 갖고 있는 바탕입니다. 누구나 본질을 드러내어 떨치고 싶은 발달 욕구를 가지고 있어요. "저수지 속에서 반짝이는 어제를/ 서늘하게 헹구어"(「경천저수지에서」 부분) 땀을 닦으며 오늘을 가고 싶어 하지요. 발달은 발이 달렸어요. 머물러 있는 것처럼 보이지만, 가고 싶은 곳을 향해 항상 움직입니다. 시인은 "어눌한 것은 바깥으로 돌아가도 좋다"(「도서관은 발효 중」 부분)라고 합니다. 내게 주어진 길이라면 가운데를 꿰질러 가지 못하고 돌아 돌아가도 좋아요. 가로썰면 안도 밤이 되니 안이라도 썰어 밥을 내어 떠듬떠듬 가겠어요.

　사람은 홀로 살 수 없기에 바라는 일들도 한곳으로 모이게 되지요. 무엇을 얻거나 하고자 하는 바람이 좁은 곳에 휘몰아쳐 세상은 늘 흔들리죠. 차별 없이 고르고 한결같아야 저마다의 개성을 펼칠 수 있다고 해요. 그게 어디 쉬운 일인가요. 그래서 마음 호리는 이름을 가진 절제사만큼 절제가 필요한가 봅니다. "나를 업고 가는 달에게 다시 말할 수 있다/ 물결무늬로 겹쳐질 수 있다고/ 거듭 둥글어질 수 있다고"(「중얼거리는 달과 물은」 부분) 말하는 시인의 언어처럼. 절제에는 개성을 알맞게 튀게 하는 힘이 있지요. 그걸 가지고 길을 나섭니다. 자신의 색감으로 설원을 달리는 기차에서 컵라면 국물을 마시며. 겹치고 둥글어지는 사람들이 사는 곳에 이르게 되겠지요. 유다른 색채를 산맥에 널고 말려 한 시절 먹을 수 있겠지요.

우리, 생각의 꽃을 피워요

김용옥 저, 『생각 한 잔 드시지요』(수필과비평사·2007)

이진숙 (수필가)

○자연의 소리를 들으며 얻는 안식

코로나19로 봄조차 빼앗겼다고 여기며 옹송그리고 보낼 때였다. 외출을 자제하고, 만남도 멀리하며, 거리를 두던 나날은 시간마저 멈춘 듯했다. 그러나 계절은 흘러 활기차게 들판을 적시고 있다. 들녘에는 감자꽃이 피기 시작하고 모내기를 마친 논에는 개구리들의 울음소리가, 연둣빛으로 들판을 물들이고 있다. 산들바람이 솔솔 불어오는 들녘은 닫혔던 마음을 열기에 충분하다. 이때, 머리를 식힐 책 한 권이 곁에 있다면 금상첨화일 것이다.

시인이자 수필가인 김용옥 작가의 네 번째 수필집인 『생각 한 잔 드시지요』는 마흔한 편의 수필로 구성되었다. 이 책은 독자들에게 행간에 머물며 자연의 소중함을 재인식하게 하고 더 나아가 가족과 이웃, 세상을 향한 발걸음의 방향을 고민하게 한다. 아직 갈아엎지 못한 마음밭에 올곧은 생각을 심어 주고 내공을 갖춘 삶을 추구하게 된다.

더욱 반가운 것은 '씨오쟁이', '뱅뱅이질', '낭차짐하다', '타분하거나 짐짐하다', '사슴사슴', '빗대짐' 같은 정감 있는 순우리말을 자주 만날 수 있다는 점이다. 사전을 펼쳐놓고 뜻을 얻을 때마다 감탄을 금치 못한다. 이 중 씨앗을 담아 두는 짚으로 엮은 물건이란 뜻의 '씨오쟁이' 네 음절만 살펴본다면 잊혔던 풍경이 오롯이 살아나는 경험을 하게 된다. 씨오쟁이에는 콩이나 팥 등 내년을 위한 씨앗을 담았을 것이다. 달걀 꾸러미나 삼태기, 망태, 가마니에 이어 덕석까지도 짚으로 만들어 내던 선조들의 소박하고 지혜로운 삶까지 엿볼 수 있다.

○꽃을 키우는 자와 꽃으로 피어나는 자

김용옥 작가는 꽃을 심고 가꾸면서 위로와 평안을 얻는다. 꽃마리, 봄맞이꽃, 복수초, 타래난초, 은꿩의다리, 솜방망이, 매발톱, 뻐꾹나리, 누운주름잎 등 133개나 되는 야생초를 가꾸며 삶을 수용하고 마음을 다스린다. 특히 '하얀 나팔꽃'을 키우면서 못다 한 사랑을 이어 간다. 아버지와의 추억이 있는 이 꽃으로 아버지를 향한 그리움을 채우는 작가를 엿볼 수 있다. 나에게도 위로가 되고 힘을 주는 꽃이 있다. 함박꽃이다. 어릴 적,

아버지는 앞마당은 물론, 뒤뜰 가득 함박꽃을 키우셨다. 해마다 오월이 오면 은은한 함박꽃 향이 온 집안을 감싸곤 했다. 그 향기에 젖은 나는 지금도 오월이 되면 함박꽃을 피워내면서 아버지를 기리는 의식을 행하곤 한다. 이렇게 저자와의 공통점을 발견하니 더욱 정감이 가고 그녀가 곁에 있는 듯 친밀감을 느낄 수 있다.

유월의 삼천은 바람을 노래하는 소리쟁이, 화해를 소망하며 피기 시작한 개망초, 보라빛 갈퀴나물과 각시붓꽃, 하얀 등을 단 토끼풀, 노랗게 꽃을 피운 씀바귀와 애기똥풀, 금계국 위를 날아드는 노랑나비, 김의털과 새포아풀 위에서 먹이를 찾는 참새까지 모두 보는 이를 즐겁게 한다. 이 책을 읽은 후엔 이러한 자연의 변화에 더욱 관심을 두게 되고 작가가 그랬던 것처럼 곁에 앉아 그들의 얘기를 듣고 싶어진다.

"내가 사랑하는 우리들 모두 '먹다 죽다'의 생활인이 아니라 '먹다 꽃 피고 죽다'의 사랑이 되면 진짜 좋겠다."

작가의 음성이 들리는 듯하다.

마음의 목소리를 따라간

이상권 저, 『호랑이의 끝없는 이야기』(특서주니어·2021)

장은영 (동화작가)

○내 이야기의 뿌리가 되어 준 옛이야기

어렸을 때 나는 방학을 손꼽아 기다렸다. 방학이 되면 외갓집에 갈 수 있어서였다. 외갓집에서 산으로 들로 뛰어다니며 신나게 노는 것도 좋았지만, 가장 기다렸던 시간은 할머니한테 옛날이야기를 듣는 순간이었다.

밤에 소죽 끓이던 방으로 가서 이불 속에 누우면 할머니는 이야기보따리를 꺼냈다. 나는 귀신 이야기에 덜덜 떨다가, 욕심쟁이가 골탕먹는 이야기를 들으며 깔깔 웃다가, 저승으로 길 떠나는 아이 이야기에는 주르르 눈물 흘리곤 했다. 할머니가 어서 자라고 억지로 불을 껐지만, 방금 들었던 이야기에 꼬리를 무는 상상을 하느라 쉽게 잠들지 못했다. 그런데 점점 나이가 들면서 이야기와 멀어졌고 까마득하게 잊고 살았다.

작가가 되고 나서야 어렸을 때 그렇게 좋아하던 옛이야기와 다시 만났다. 할머니가 들려주던 이야기는 꺼지지 않은 불꽃처

럼 내 마음속에 살고 있었고, 힘들고 외로울 때, 어려운 선택을
해야 할 때 나침반이 되어 주었다. 그리고 내가 동화를 쓰는 바
탕에는 할머니의 이야기가 씨앗이 되었다는 것을 깨달았다.

이런 경험을 발판 삼아 요즘 아이들도 옛이야기를 읽었으면
하는 바람이 생겼다. 하지만 옛이야기를 새롭게 고치고 창작하
는 일은 만만치 않았다.

그런데 그동안 자연에 깃들어 사는 생명에 관한 동화를 써왔
던 이상권 작가가 옛이야기에 바탕을 둔 『호랑이의 끝없는 이
야기』라는 멋진 작품을 펴냈다.

ㅇ자신만의 길을 찾아 떠난 호랑이 백호

미래의 산신령님으로 촉망받는 새끼 호랑이 백호는 경쟁자
인 검은 늑대 때문에 어미를 잃는다. 농부 허철구 집에서 누렁이
의붓어미의 젖을 먹고 살다가 역병 귀신을 물리쳐 마을 사람들
을 구해 내고, 황천돌을 부사가 되게 하고, 수성 대사를 왕이 되
게 한다.

백호가 이 모든 걸 가능하게 만든 비법은 이야기를 잘 들어
주고, "당신 마음이 가는 대로 하세요"라고 진심을 담아 답을
해주는 것이다. 이야기 속의 인물들은 백호에게 속마음을 털어

놓으면 마음이 후련하고, 엄청난 위로를 받은 느낌이 들고, 이 세상이 다 자신의 마음을 알아줄 것 같다고 생각한다.

다른 동물들의 이야기를 들어주면서 그들의 아픈 마음을 치유해 주던 백호는 결국 세상 모든 신들에 의해 산신령으로 추대된다.

하지만 백호는 산신령 대신 봉래산으로 들어가 한 마리 호랑이로 살아가는 길을 선택한다.

"저는 제 마음속 목소리를 따라가는 것이 가장 옳다고 생각했습니다. 그래야만 제가 행복하다는 것을 잘 알기 때문입니다."

다른 동물들의 이야기를 들어주며 위로했던 백호는 자신을 들여다볼 줄 아는 지혜도 가지고 있었다. 타인의 시선에 갇히지 않고 자유로움을 누리는 것이 자신에게 주는 최고의 선물임을 알았기에 모두가 선망하는 산신령의 길이 아닌 깊은 산속 호랑이로 사는 것을 선택한다.

우리는 누구나 행복을 꿈꾸지만 수만 가지 이유로 불행하다. 우리의 시선은 늘 타인을 향해있고 그래서 결코 만족할 줄 모른다. 『호랑이의 끝없는 이야기』는 불안하고 외로운 우리에게 거울을 닦듯 내 마음을 들여다보라고 말하고 있다.

기후 위기 시대를 밝혀 주는 책

심정은 저, 『환경수업도 업사이클링이 필요해』(밥북 · 2024)

장창영 (시인)

○핸드폰과 데이터, 우리가 잊고 있는 것들

핸드폰 요금을 정액제로 바꾸고 나니 늘 데이터가 항상 부족해 월말마다 스트레스를 받는다. 그러다가도 아내가 자신의 여유분을 보내줄 때면 횡재한 기분이 들었다. 월말까지 쓰지 않으면 사라지는 데이터이기 때문에 다 사용하지 못하는 달이면 손해 보는 기분까지 들기도 한다.

예전에 무제한 요금제를 쓸 때는 데이터 걱정을 하지 않았다. 부담이 없다 보니 평소보다 훨씬 많은 양의 데이터를 사용하였다. 처음에는 조심스러웠으나 어느 순간부터 무디어져서 쓰는 데 거리낌이 없었다. 마음 한구석에는 어차피 무제한인데 하는 생각도 없지 않았다. 이상하게도 그런 달이면 피곤함이 일찍 찾아왔고 한편으로는 무력감까지 들기도 했다.

그러다가 정신을 차려보니 어느새 핸드폰 없이는 살 수 없는 삶이 되었다. 나만 그런 게 아니었다. 주변 사람들도 비슷했다.

회의 중간에도 휴식 시간에도 사람들의 손에는 핸드폰이 어김없이 들려 있었다. 편리했지만 한편으로는 이렇게 살아도 될까 하는 두려움이 들었다. 오늘날 우리가 위기라고 이야기하는 환경 문제도 이러지 않을까 싶다.

○변화를 위한 첫걸음, 환경을 위한 작은 배려

그동안 우리는 환경을 별로 의식하지 않고 살았다. 봄이면 황사와 미세먼지 때문에 불편하고 힘들어도 당연하게 여겼다. 날씨가 역대급으로 덥다는 올해도 마찬가지이다. 이제는 사람들도 폭염이나 열대야, 그리고 동남아에서나 경험하는 스콜과 같은 빗줄기가 쏟아져도 그러려니 한다. 오히려 지금까지 환경이라는 무제한 데이터를 마음껏 쓰다가 갑자기 절약해야 한다고 하니 불편해한다. 기후 위기나 지구 온난화의 원인이 자원의 무분별한 사용과 오남용에서 비롯된 것을 알면서도 말이다.

그렇다면 우리가 맞이할 미래는 어떻게 될까? 과학자들은 지구 온도가 1도 높아졌다고 세상의 위기를 이야기하지만 현실적으로 체감하기는 어렵다. 과연 해결책은 없는 것인가 하는 의문이 들기도 한다. 이런 의문이 들던 중에 책 한 권을 만났다. 현직 교사이자 환경작가이기도 한 심정은 작가의『환경수업도 업사이클링이 필요해』라는 책이다.

○변화의 시작은 나부터

이 책은 교사가 아이들과 함께 학교와 마을 환경을 개선하려고 노력했던 현실적인 사례를 다룬다. 사례가 풍부한 만큼 글이 주는 신뢰감도 상당하다. 저자가 이 책에서 주장하는 것은 단순하다. 지속 가능한 세상을 만들자는 것이다. 그 출발은 내가 좋아하고 잘할 수 있는 것부터 시작하는 일이다. 내가 즐겁고 행복해야 세상의 변화도 가능하다.

우리가 친환경이라고 착각했던 에코백이 실제로는 또 다른 쓰레기일 수 있다는 사실을 알게 되면 마음이 무거워진다. 친환경이라는 단어로 우리에게 전달되는 무수히 많은 기념품은 '환경'이라는 그럴싸함으로 포장한 쓰레기의 또 다른 이름에 불과할 수 있다. 저자의 바람처럼 10년 후 어느 날, 수업 시간에 자신들이 환경을 고민하며 만든 에코백을 들고 만나는 아이들을 상상해 본다.

기후 위기의 시대에 우리가 기다리는 행복은 그냥 오지 않는다. 변화를 위한 노력이 뒤따라야 한다. 그의 말처럼 우리의 의식 전환은 '그냥 지나치던 문제를 문제라고 인식하는 순간'부터 시작한다. 그런 선생님과 함께 자란 아이들이 있는 한 우리의 미래는 어둡지 않다. 교육 현장에 계신 선생님만이 아니라 학부모, 그리고 우리 모두가 한 번쯤은 관심을 기울여야 하는 주제가 책에 가득하다. 무더운 여름, 휴가지에서 이 책을 벗 삼아 떠나는 건 어떨까? 아마도 돌아오는 길에 만나는 세상은 떠나기 전과 많이 달라져 있을 것이다.

임을 향한 절절한 그리움, 매창

매창 저, 허경진 역, 『매창시집』(평민사 · 2019)

최기우 (극작가)

부안 출신 시인 이매창(1573~1610). 그 이름은 낯설어도 이별가의 절창으로 꼽히는 시조「이화우」는 다 안다.

이화우 흩날릴 제 울며 잡고 이별한 님
추풍낙엽에 저도 날 생각는가
천리에 외로운 꿈만 오락가락하노라

떠나간 임을 그리워하며 한 생애를 시와 거문고로 달래다가 젊은 나이에 세상을 떠난 여인의 삶은 이 시 한 편으로 더 애절하다. 그리움의 대상은 한양의 이름 높은 시인 유희경(1545-1636). 기생인 매창이 시문에 뛰어나다는 소문을 듣고 부안에 내려온 그는 매창과 깊은 사랑으로 묶인다. 그러나 서른여덟 길지 않은 매창의 일생을 애절한 상사(相思)로 몸부림치게 만든 서럽고 짧은 정 나눔이었다. 그래서 '임도', '그도' 아니라 홀대하듯 '저도'라고 쓴 것은 무심코 튀어나온 고혹적인 고백이었다.

○외롭고 그리운 마음을 시에 담아

매창의 시는 대부분 이별의 슬픔과 그리움으로 가득 차 있다. 자신의 신세를 한탄하고, 옛 임을 그리워하고, 이별을 서러워한다. 편편이 연모요, 그리움이다. 시에 풀어낸 그 마음은 숨결 가쁜 절규가 아니라, 먼 곳에 눈길을 둔 사람의 가느다란 읊조림이다. 매창은 풍류와 정취, 삶의 멋, 운치와 풍자, 예지를 두루 갖춘 조선의 대표적인 예인이었다. 그녀의 시재(詩材)와 거문고 솜씨는 시인 묵객을 설레게 했지만, 그녀 자신은 늘 빈방에서 공허함에 시달렸다.

야속타 그리움 하소 못하고/ 하룻밤 애태우니 머리가 반백/ 그 누가 알 것인가 이 설운 상사/ 가락지 할갑구나, 야위어만 가네

그리움에 가락지가 헐거워진다는 표현의 그윽한 아름다움은 "가슴 속에 시름 맺혀 옷 적시지 않은 날 없네"(「병중수사 病中愁思」)라고 이어지지만, 수백 년이 지난 오늘에도 그 마음은 변함없이 향기로우니, 매창의 생명은 영원하다.

매창은 많은 사대부와 교유했지만, 그들과 시의 벗으로 존

재했다. 특히, 부안 우동리에 터 잡고 칠산바다의 섬 위도를 율도국 삼아 「홍길동전」을 쓴 허균(1569 1618)은 매창과 십여 년 동안 시문으로 인생을 논하며 우정을 나눴다. 허균은 남녀 관계에 자유로웠다. 황해도사로 있을 때는 서울에서 기생을 데려다 연희를 벌여 사헌부의 탄핵을 받고 파직되기도 했다. 허균은 분방한 낭만주의자였지만, 매창과는 마주 앉아 시를 논하고, 거문고 소리를 들으며 흥취에 젖었다. 허균이 매창을 남녀 사이를 뛰어넘어 문인과 문인, 인간과 인간으로 서로 존중하고 절제하며 벗으로 대한 예는 매창이 죽었을 때 "그대와 나눈 하룻밤의 대화가 십 년 독서보다 낫다"라고 남긴 시에도 잘 나타나 있다.

○배꽃 흩날리는 그리움의 고장

오직 한 사람을 그리워하는 지순한 사랑은 그 마음을 보살피는 이들에 의해 지켜진다. 매창은 "울며 잡고 이별한 님"을 다시 만나지 못했지만, 자신을 흠모하는 이들의 정성으로 부안 곳곳에 자취가 남았다. 매창공원과 매창테마관, 매창시비, 매창길이다.

1974년 매창기념사업회는 부안군청 뒤 서림공원에 그의 시비를 세웠다. 매창이 시를 짓고 거문고를 탔다는 너럭바위 금대 앞이다. 부안군과 부안문화원은 2001년 매창의 묘를 정비해 매창공원을 조성했다. 공원에는「이화우」,「옛 님을 생각하며」,「취하신 님께」,「어수대」 등 매창의 시를 커다란 돌에 새겼다. 유희경의「매창을 생각하며」와 허균의「매창의 죽음을 슬퍼하며」, 가람 이병기와 송수권 등이 매창을 기리며 쓴 시도 만날 수 있다. 2018년 문을 연 매창테마관에선 매창의 삶과 작품 세계가 풍성하다. '매창'의 이름을 붙인 '매창길'에 서면 첫사랑이 아련하다.

평화를 위해 부르는 간절한 노래

박은영·최은묵·현택훈 등 저, 『제주4.3평화문학상 수상시집』

(한그루·2023)

황지호 (소설가)

약 270년 전, 무주군 부남면 대소마을에 돌림병이 발병했다. 나룻배를 건져 올려 수로를 막고, 대문바위를 닫아걸어 육로를 폐쇄한 뒤 치료에 전념했으나 소용없었다. 다들, 이제, 사람의 힘으로는 역병을 해결할 수 없음을 알았다. 이웃 마을에서 디딜방아를 몰래 가져와 하늘에 제사를 지내기 시작했다. 예로부터 디딜방아는 형상과 기능, 의미와 상징이 주술적으로 해석되어 액을 방어하는 주력(呪力)의 신물로 여겨져 왔다. 정월 보름밤 디딜방아를 제물 삼아 일명 '방앗거리제'를 지냈다. 제주는 남자가 아닌 여자였다. 당골네. 제사를 지내고 나면 '고사요'를 부른다. 산 자와 죽은 자, 살리려 했던 자와 살아나지 못한 자의 슬픔을 위로하는 노래. 그 한(恨)을 달래주는 노래를 시(詩)로 여길 수는 없을까.

제주 43을 다룬 흑백영화 <지슬>. 지슬은 지실(地)에서 온 말로 감자를 뜻하는 제주도 사투리다. ' '은 '열매'라는 뜻도 있지만 '사실'이라는 뜻도 있다. 1948년 11월 말부터 이듬해 1월까지 감자 줄기 같은 동굴에 숨어 지슬로 연명하다 끝내 희생 당한 안덕면 무등이왓 주민들의 '사실'을 담고 있다. 영화는 '신위·신묘·음복·소지' 네 꼭지로 전개된다.

희생당한 영혼을 위로하는 제의이자 굿판임을 알게 하는 표지다. 굿판을 열기 전 내담자의 아픈 사연을 느끼는 무당처럼 카메라는 사람과 사건, 43의 제주를 관찰한다. 영화가 끝나고 자막이 올라가는 동안 고사요 같은 노래 <이어도사나>를 죽은 자들이 부른다. "아방에 아방에 아방덜, 어멍에 어멍에 어멍덜, 이어도 가젠 살고나 지고, 제주 사름덜 살앙 죽엉, 가고저 허는 게 이어도우다"라는 내용이다. 그렇다면 이 노래와 영화를 43을 위로하는 시로 생각할 수는 없을까.

백석 시인의 시 「남신의주 유동 박씨봉방」의 마지막 구절은 다음과 같다.

어느 먼 산 뒷옆에 바위 옆에 따로 외로이 서서, 어두워 오는데 하이야니 눈을 맞을 그 마른 잎새에는, 쌀랑쌀랑 소리도 나며 눈을 맞을, 그 드물다는 굳고 정한 갈매나무라는 나무를 생각하는 것이었다.

나는 이 부분을 읽을 때마다 '갈매나무'가 하얀 무명옷을 입은 무녀처럼 느껴진다. 신령한 산, 정령과 다름없는 바위 옆에서, 추위와 외로움을 인내하며 '쌀랑쌀랑' 방울을 흔드는, 그리하여 고통과 슬픔에 사무친 산 아래 사람들을 위로하는 가녀린 무녀. 이 시를 그 무녀가 백석의 목소리를 빌려 부른 무가(巫歌)로 받아들이면 안 될까.

문정희 시인의 시 「곡비」의 마지막 두 연은 다음과 같다.

그녀의 울음은 언제나 그칠 것인가/ 엉겅퀴 같은 옥례야, 우리 시인의 딸아/ 너도 어서 전문적으로 우는 법 깨쳐야 하리// 이 세상 사람들의 울음/ 까무러치게 대신 우는 법/ 알아야 하리

「4·3 시집」에 담긴 77편의 시를 디딜방아로, 지슬로, 영험한 방울 소리로, 까무러치는 울음으로, 사십구재 씻김 소리로 생각하면 안 될까. 시인들을 늙은 당골네로, 엉겅퀴로 같은 곡비로, 하이얀 무녀로, 무등이왓 바라보는 서러운 박수무당으로 여길 수는 없을까.

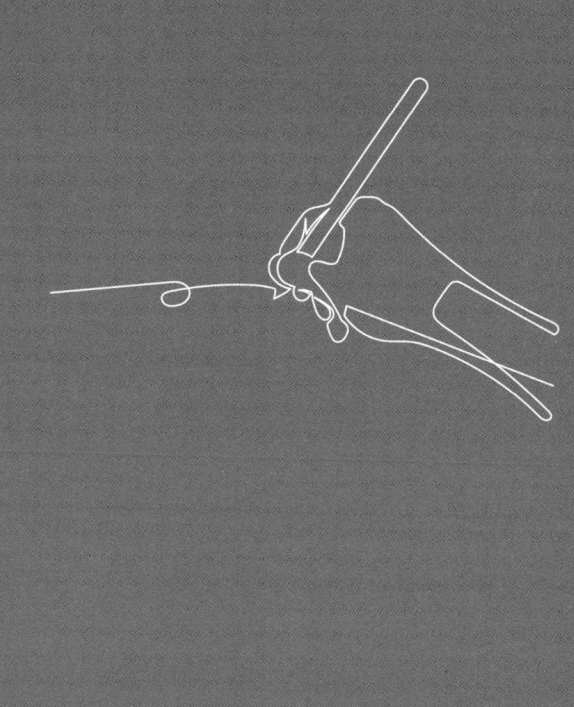

4부

문을 열어두는 배려

시는 시적인 눈을 보듬고 온다

복효근 저, 『허수아비는 허수아비다』(애지·2020)

경종호 (시인)

평범한 일상 속, 우리는 수많은 시적인 것과 함께한다.

출근길, 엘리베이터 거울 속 내 모습에서 '낯설다'하고 중얼 거리는 순간이 시적이고, 산책길에 만난 목 꺾인 개망초 꽃봉오 리가 또 시적이다. 멀리서 누군가를 향해 두 손을 흔드는 사람 의 실루엣, 어쩌면 전깃줄이 없이 그저 기둥으로만 박혀있는 전 봇대서도 누군가에겐 시적일 수도 있을 것이다. 개인의 경험 속 엔 각자 자신만의 시적인 순간은 더욱더 그러할 것이다.

이러한 경험을 경험으로만 끝내지 않고 '시'로 담아내는 사 람이 있다. '시인(詩人)'이다. 하지만 꼭 이것을 글로 담아내는 사람만이 시인일까? 어쩌면 그런 시적인 것들을 찾아내고 그것 에 대하여 잠시 눈길을 주고 기억하려는 사람이라면 그도 이미 '시인'이었지 않았을까?

몇 년 전부터일 것이다. 이러한 시적 경험을 사진과 함께 담 아내려 하는 시도가 시작되고 있었다. 바로 디카시였다. 사진 한 장과 그 사진이 보여주는 메시지를 삶의 궤적 속에 넣어두는 시작법이다.

시집 『허수아비는 허수아비다』 또한 디카시집이다. 이 시집엔 우리가 흔히 사진에 담곤 하던 아름다운 풍경이나 예쁜 사물은 그리 많지 않다. 그저 일상의 다양한 사진 속에서 인간들은 어떤 모습으로 투영되는가를 보여주고자 한다. 이러한 것들이 또한 시적이기 때문이다. 시인의 삶과 철학, 애증이 함께 담겨있다.

오리마저도 거부하는 도전 없는 삶에 대해 말하고, 인간이 돌아가는 마지막 종착지는 결국 '동그란'으로 남는다며 잘린 나무를 보여주고, 아기가 나에게 왔다는 것 하나만으로 기적이 이루어졌다는 것을 확인한다.

사람을 닮은 동물 혹은 사물에게 '너희는 참 사람을 많이 닮았어' 하고 말한다면 어쩌면 그들에게는 모욕일지도 모른다는 글을 본 적이 있다.

허수아비 또한 그렇게 생각하지 않았을까? 실체가 없는 것에 대하여 우린 흔히 허수아비가 같다고 하지만 허수아비 또한 허수아비대로 어떠한 의미로든 존재하고 있으며 그 자체로 존중받아야 할 가치가 있다지 않을까? 한 사람, 사람마다 이 또한 중요한 의미로 다가오지 않을까? 존재감이라는 말, 자존감이라는 말이 요즘 들어 중요한 단어로 쓰이고, 보다 심오하게 다가오는 것도 이런 비슷한 맥락이지 않을까 생각해 본다.

또한, 시인은 '우리는 천사를 찾기 위해선 지옥을 뒤져야 하는지도 모른다'라는 유유자적 놀고 있는 동자승들의 넉살로 '우리가 부처'라는 등짝을 때려대는 말을 하기도 한다.

물보다 술을 더 사 가는 사람의 마음을 위로하며 몸속의 피만큼 눈물도 준비해야 한다는 그 지극히 인간적인 생각 속에서 겨울 시장, 친구들과 쪼그려 앉아 밥을 먹는 풍경으로 삶의 따뜻함을 담아낸다.

시인은 이미 시인의 말에서 언급하고 있다.

시의 촉수를 자극하는 장면을 만나면 사진에 담았다. 거기에 담긴 기억과 느낌을 소환하여 시를 썼다. 시와 사진의 혈맥이 섞여 한 몸이 되는 방식이다.

디카시라는 새로운 장르의 장점이 바로 이러한 것인지도 모르겠다. 시를 담기 위하여 시적인 것을 찾아내는 그 눈과 마음이 조금이라도 더 가까워진다는 것을.

오늘 이렇게 '나와 우리'에게 좀 더 다가갈 수 있는 한 권의 책을 우리는 또 선물을 받은 듯하다.

희망이라는 창문을 열어놓고 기다리는

김유석 저, 『왕만두』(열림원어린이 · 2023)

기명숙 (시인)

○어른이라고 말하고 싶지 않은 시절

기능 중심의 세계에서 동심을 잃지 않은 김유석 시인의 동시집 『왕만두』 전편을 재밌게 읽었다. 동시에 '작가가 창조주라 하더라도 동식물 혹은 무생물과의 상호작용이 가능할까?'에 대한 의심은 61편에서 완벽하게 해소되었다. 초록 식물들이 말을 걸고 시인 특유의 장난기 어린 표정으로 휙휙 지나가는 거미, 지렁이, 토끼, 개구리 등과 대화하는 것을 목격했기 때문이다.

사실 우리에게 관측되는 식물들은 그저 묵수의 시간을 건너고 있는지도 모른다. 그러나 김유석 시인은 사각지대인 땅속 '은밀한 통로'를 알고 있는 듯하다. 시인은 오래도록 농사를 짓고 그들과 한통속이 되어 살아왔다. 그런 사람만이 가능한 돌올한 세포와 지독한 감응 능력으로 그들의 언어를 번역하고 프린트 한다. 깊은 의미를 쉽게, 기발하게, 재미있게 전달하는 건덤이다. 소위 참신한 발상과 동심이 구현된 '시적 동시'의 전형이라고 할 수 있겠다.

○어린이는 자연, 그 발자국을 따라 연결된 세계

김유석 시인에게 나무란, 타임머신을 타고 시간여행을 한 후
그 흔적을 나이테에 잘 보관 해오는 존재다. 알다시피 시간이란
유한성 때문에 추억은 너무나 간절한 것. "파란 잎이 노랗게 물
드는 것 보면 알 수 있다.", "그것은 다녀온 다른 나라의 지도를
제 몸속에 그려놓았기 때문"「나이테」 이처럼 동시집을 관통하
는 주제, 자연과 인간의 공생이 가능함을 읽는다. 이와 반대로
인간과 자연의 부조화에 기인한 심각성은 거미를 등장시켜 유
머러스하게 터치한다. "공중에 거꾸로 매달려", "지구의 무게를
재는 중", "저 뾰족한 빌딩들을 헐어내면 지구가 덜 무거울 텐
데"(「거미」).

어린이는 급속도로 성장판이 열리는 시기다. 몸도 마음도 감
나무처럼 커지고 싶은 질주 본능. 그런데 감이 맛있으려면 숙성
의 시간을 견뎌야 한다. "온몸이 부르튼" 것도 "가려움도 참아
야" 단맛이 고인 "홍시 한 알이 장독대에 툭 떨어질"지도 모를
일이다「감은 어떻게 익나」. 이 같은 상황 변속은 어린이의 성장
과정과 병치되어 있다. 감이 익기 위해서는 온몸이 부르트고 가

렵기도 하듯 감이라는 원재료에 무형의 시간을 대응시키며 점
진적인 발판을 마련하는 것이다. 성장통을 이겨내고 쑥쑥 자라
는 어린이처럼.

○시인에게 농촌이라는 장소와 역사

시인은 과거 농촌의 삶을 회고하며 그때만이 정답이라고 강
조하지 않는다. 자연과 인간의 순환논리를 생활에서 길어 올린
감각에 문학적 상상력을 더할 뿐이다. 조선일보 신춘문예 당선
작인 「아빠의 공책」에서 '아빠의 공책'은 들판이다. "벼 포기들
이 넘실거리고 맞춤법이 틀린 벌레 소리"도 들리는 신기한 공책.
이어 땀이 논물처럼 들고나야 수확이 가능한 '들판'을 '학교'로
'땀'을 '말줄임표'로 치환, 농촌의 서정과 녹록지 않은 현실 암
유가 동시에 이루어진다.

시인이 이끄는 대로 가다 보면 몽상가가 되기도 한다. "석탄
도 기름도 때지 않는 기차가 촉촉한 흙 위에 레일을 깔며 소리
없이 갑니다", "저 기차를 타면 시간표가 필요 없는 마을에 닿
을 것만 같습니다."(「지렁이 기차」) 필자 또한 개미들의 동력으
로 움직이는 지렁이 기차를 타고 개발 전 라다크와 같은 곳으
로 떠나고 싶어지는 것이다.

어린이는 조건 없이 송두리째 받아들여져야 한다. 「닮은 감자」에서 감자라는 자연물에 나를 투사, 이질적 두 대상 간 정서적 소통을 가능케 한다. 울퉁불퉁 감자와 감자라 놀림 받는, 외모 콤플렉스가 있는 나. 그런 나한테 감자꽃 리본을 머리에 꽂아주는 엄마가 있기에 나는 '세상에서 가장 아름다운 존재'인 것이다. 이처럼 시적 대상에 대한 주관적 해석이 감자꽃이란 막강한 존재로 전이되기 때문에 객관성 확보, 시적 형상화에 성공할 수 있다고 본다.

○동시라는 씨 뿌리기가 희망으로 수확되기를

좋은 동시란? 관념이 아닌 실감 나는 언어로 어린이의 목소리를 반영해야 한다. 김유석 선생이 시인의 말에서 "생각하지 말고 그냥 느껴 봐 생각을 많이 하면 너무 빨리 어른이 돼버리거든"이라고 밝혔듯 염소와 토끼와 고라니가 슬금슬금 걸어 나오는 숲과 들판을 걸어볼 일이다. 그곳에서 셈 따위는 하지 말고 그들과 같이 호흡한다면 이렇게나 아름답고 재밌는 동시가 쏟아질지도 모르겠다. 시인에게 자연은 관념의 대상이 아닌 일터이자 놀이터이며 시를 줍는 창작소일 것이다. 즉물적 표현의 대가 김유석 시인의 응축된 시어와 블랙홀처럼 빨아들이는 확

장력이 김제 너른 들판에서 경작된 것이니 나는 그 낟알이라도
주워 볼 양으로 무작정 놀러 가야겠다고 생각한다.

마당의 여유로움

나혜경 저, 『우리는 서로의 나이테를 그려주고 있다』

(책만드는집·2023)

김영주 (동화작가)

무심코 리모컨을 돌리다 멈췄다. 유명 연예인이 자신의 엄마와 차를 타고 여행하는 프로그램이었다. 엄마의 굽은 등을 딸의 가슴으로 지그시 누르는데 딸의 표정은 웃음과 울음의 경계다. 엄마는 뒤에서 푸근히 밀어주는 딸의 몸짓에 행복하기만 하다. 하지만 딸과 엄마는 다르고 같다.

모녀의 대화는 자꾸 어긋났다. "바닷가에 가자." "바닷가에 다 왔어." "저기 쑥 봐라." "엄마, 내 친구네가 제주도 여행 가서 바다는 안 보고 쑥만 뜯었데." "저기 낚시한다." 딸은 자꾸 빗나가는 엄마와의 대화를 난감해한다. 순간순간 이해하고 이해하지 못하기도 해서 웃고 찡그리기를 반복했다. 엄마는 딸의 나이를, 딸은 엄마의 나이를 체험하는 여행이었다. 같이 하지 않았더라면 몰랐을 서로의 나이테를 읽으며 서로를 이해해 가는 것이다.

공감되는 장면을 보다가 『우리는 서로의 나이테를 그려주고 있다』가 떠올랐다. 색연필로 그린 꽃과 사물, 독학으로 그린 그녀의 마당이 눈앞에 보이는 것 같다. 잘 익은 노오란 모과의 윗부분에 눈이 쌓이면 마치 모과나무가 등불을 들고 환하게 빛나고, 모과가 눈에 쌓여 떨어지는 풍경, 콜드브루 커피 내리는 느릿느릿한 여유를 배운다. 비 오는 날 장화를 신고 우산을 받치고 깨끗해지는 마당을 거니는 마음이 싱그럽다.

12월과 1월, 쉼의 시간을 지나면 2월부터는 벌써 땅을 뚫고 새싹이 올라오는 게 보이기 시작한다. 나무의 꽃눈도 발갛게 부풀어 올라 금방이라도 꽃을 보여줄 태세다. 마당은 이렇게 같은 자리에서 돌고 돈다. 그래도 지루하지 않다.

내 마당에 핀 꽃을 한 삽 퍼서 이웃과 꽃 한 삽을 교환해 두 가지로 늘어나 피었다. 꽃씨 나눔으로 마당을 채우니 2개월의 쉼을 지나면 새싹이 얼굴을 내민다. 해마다 새로 내미는 얼굴이 반가울 따름이다.

전원생활을 꿈꾸다 제 코 다친 사람이 있다. 바로 나다. "나무가 이리로 넘어오니 잘라라. 분리수거 잘해라. 쓰레기봉투 여기다 버리지 마라." 사사건건 관여에 못 이겨 떠날 준비를 하고 있다. 색소폰 소리가 소음으로 들린 동네가 있다니 동병상련을 느껴서일까? 전원생활을 즐기는 것보다 위안을 받는다. 아니,

전원생활에 적응하는 시인이 부럽기 그지없다. 사람이 뜸한 시골에 인기척이 반가울 만한데 사실은 그렇지 않다. 동네를 돌아다니던 노인들은 하나둘 사라지는 고즈넉한 마을에 사람을 배척하는 심보를 알다가도 모를 일이다.

크기가 작아도 하늘이 보이고 자연의 질감을 느낄 수 있는 땅이면 다 마당이다. 마당은 집 안에 있는 사람을 바깥으로 불러내는 곳이며, 우울할 때 기대거나 붙잡고 일어서기에도 좋은 곳이다. 세상 밖으로 나가기 전 심호흡을 충분히 할 수 있는 완충지대이다.

나혜경 시인의 마당 예찬론을 읽은 후 마당을 보니 수레국화, 금국, 마가렛이 바람에 흔들리는 마당의 여유로움을 새삼 느껴본다. 낮에 우거졌던 마당의 풀을 베어냈다. 풀냄새가 가득하다. 하늘에는 별이 하나둘 고개를 내밀고 고요 속에 와글와글 울어대는 개구리 소리까지 어우러진다.

세상에 지기 위한 연습, 여행

장창영 저, 『여행을 꺼내 읽다』(북컬쳐 · 2020)

문신 (문학평론가 · 시인)

○뜨거움으로부터 서늘한 방향으로

어쩌다 책이라는 사물과 인연이 닿았는지 모르겠다. 생각해 보면 책은 늘 내 손이 닿을 자리에 있었다. 사랑하는 사람도 가끔 미운 구석이 살펴지는 법인데, 수십 년 들여다본 책이 싫지 않은 건 전생에 책이 나를 구해준 모양이다. 그런 책을 손에 들면 대개 두 가지를 고민한다. 정독할 것인지 발췌독할 것인지가 첫째 고민이라면, 한 번 읽고 책장에 꽂아둘 것인지 두어 번 거듭 읽을 것인지를 판단하는 일이 나머지 고민이다.

장창영 시집 『여행을 꺼내 읽다』는 드물게 발췌독으로 시작해 정독으로 끝난 책이다. 그러면서 자주 들여다보는 책이기도 하다. 이곳저곳 발길이 닿았던 곳의 풍경과 그곳에서 발견했던 자신의 내면을 낯설게 풀어내는 재미가 있다. 미리 말하지만, 이 시집은 읽는 즐거움에 앞서 보는 맛이 있다. 한 컷 사진이 있고 그 사진에 담긴 이야기를 시 형식에 담아내고 있기 때문이다.

이미지와 문자 기호가 서로 의미를 보완해 주니 시집 읽기가 한결 수월하다. 사진만 들여다보다가 책을 덮어도 시집 한 권을 알차게 읽은 보람을 얻을 수 있다. 그 이유는 이 시집이 "세상의 가장 뜨거웠던 쪽이/ 가장 서늘한 쪽으로/ 발길을 옮겨가는 순간"(「무이네에 해가 지면」)을 담아내기 때문이다.

이렇게 삶의 뜨거움으로부터 서늘한 방향으로 발길을 옮기는 일이 바로 여행일 것이다. 일상이라는 욕망과 충동의 뜨거움을 잠시 가라앉히기 위해 우리는 낯선 시간과 공간으로 걸음을 옮긴다. 그럴 때 여행은 "늘상/ 세상과 이기기 위한 연습만 하다가/ 오늘은 잠시 지기로 한다"(「나트랑에 부는 바람」)는 약속이된다. 여행길에서 우리는 나의 길과 만나는 숱한 다른 길을 보게 되고 다른 길에 서 있는 다른 사람을 만나고, 그렇게 다른 세상을 경험한다. 그럴 때 우리는 다른 세상에 슬쩍 져줄 수 있는 용기가 생긴다.

○여행, 홀로 어둠을 걸어가야 하는 운명

시집 『여행을 꺼내 읽다』를 읽는 일은 시인의 여행길에 동행이 되는 일이기도 하다. 개인적으로는 피렌체 우피치 미술관에서 만난 보티첼리의 <비너스의 탄생> 앞에서 아득해지고 말았다. "이곳 사람들은/ 눈 어두운 이를 위해/ 마음으로 작품 읽는 법과/ 더불어 세상 가는 길을 점자로 새겨 놓았다"라는 시행을 읽고는 "홀로 어둠을 걸어가야 하는 가혹한 운명"(「점자 안내 문」)에 잠긴 우리를 떠올렸다. 그렇다. 우리는 지금 코로나19 시대라는 어둠 속을 홀로 걷는 중이다. 이런 여행길에 눈 밝고 마음 따뜻한 동행이 있다면 좋지 않을까?

이것이 새해에 여행 시집을 펼쳐 든 이유다. 지난 2년 동안 우리는 얼마나 움츠렸었나. 만나지 못해 많이 외로웠고 쓸쓸했다. 그래서일까? "어차피 겨울은 끝날 테고/ 지붕이 있는 한/ 봄은 또 나비처럼 올"(「시라카와고에서 온 편지」) 거라는 희망을 믿기로 한다. 2022년 새해는 나비처럼 다가올 봄을 기다리면서 한 해의 여행을 시작하고 싶다.

달나라의 그림

진창윤 저, 『달 칼라 현상소』(여우난골 · 2021)

박태건 (시인)

○천재라 불렸던 사내

해마다 12월이 되면 우체국에 들르는 사내가 있다. 신춘문예에 응모하려는 것이다. 일간지 별로 차별하지 않고 골고루 투고하느라 우푯값도 꽤 들었다. 신춘문예에 투고한 다음엔 휴대폰에 자주 시선이 갔다. 연말이 가까워질수록 휴대폰 벨소리에 깜짝 놀랐다. 새해 아침이면 당선작들을 찾아봤다. 그리고 20년 동안 지속한 불운에 좌절했다. 낙선한 이유를 몰라서 화가 났고 어떻게 써야 할지 몰라서 슬펐다. 사내는 나이 쉰이 다 되어 대학원에 입학하기로 했다. 지도교수는 "연애를 하고 술을 많이 마셔라"라는 알쏭달쏭한 말을 했다. 사내는 다시 좌절했다. 체질적으로 술을 먹지 못했고 연애라곤 못해본 숙맥이었기 때문이다.

사내의 직업은 화가다. 오래전부터 그림을 그렸다. 누가 알아주지도 않고 돈도 되지 않았지만 40년 넘게 그림을 그렸다.

그림을 그리기 위해서 몸 쓰는 일도 마다하지 않았다. 남을 의식하며 사는 것보다 자신이 좋아하는 것을 하면서 사는 것이 중요하게 생각됐다. 그림을 그릴 때면 잡념이 없어졌다. 특히 판화가 집중이 잘 되었다.

예리한 칼이 지나간 자리마다 뿜어나오는 나무 향이 좋았다. 조각도는 나무에 숨어 있는 그림을 여는 열쇠였다. 칼날이 지날 때마다 나무에 숨어 있는 이미지가 튀어나왔다. 목판에 송곳을 찍어 별 모양을 만들다 보면 어느새 저녁이 되었다. 작업대 위의 하늘에 별이 총총 떴다.

고등학생 때는 '그림 천재'라고 불렸다. 쓱쓱 그린 그림을 보여주면 그가 그렸다는 걸 안 믿을 정도였다. 자신감이 생겨서 틈만 나면 그렸다. 습작품이 선반에 가득 쌓였다. 어느 날 학교에서 돌아오니 그림이 사라졌다. 아버지는 불쏘시개로 썼다고 했다. 사내는 아무 말 없이 다시 그렸고, 아버지는 다시 태웠다. 임종을 앞두고 아버지는 말했다. "이제 그림은 그만하고 취직해라!"

사내는 결국 취직하지 않았다. 오전엔 독서를 하고 오후엔 돈 안 되는 그림을 그렸다. 저녁이 되면 더 돈 안 되는 시를 쓰기 위해서 쉰이 넘어서 늦깎이로 대학에 들어가 문학 공부를 시작했다. 돈의 유혹에서 자유롭게 살기 위해서는 돈의 질서에 역행

해야 한다. 그렇게 낸 첫 시집 제목은 『달 칼라 현상소』. 시인이 된 사내는 오랜 시간 그려 왔던 이미지를 언어의 문법으로 담으려 했다. 그가 담으려 했던 것은 찰나의 시간, 민주화 투쟁에 참여하면서 경험했던 희망이다.

디지털로 바뀐 지가 언제인데/ 코닥필름 회사 망한 지가 언제인데/ 아날로그 필름만을 고집하는 달 칼라 현상소 남자/ 자꾸만 얼굴을 바꾸는 달을 좇는다 (「달 칼라 현상소」 부분)

달은 얼굴을 바꾸지만, 본질은 변하지 않는다. 사내에게 달은 자유요, 민주주의였다. 달이 보이지 않는 날에도 사내는 달의 존재를 상상했다.

○문학의 양식은 희망을 꿈꾸는 모험

시인 진창윤은 함께 사는 세상을 꿈꾼다. 그런데 돈에 대한 공포가 사람들이 꿈꾸기를 방해한다. 꿈이 깊어질수록 시인은 외로워졌다. 그토록 바라던 등단을 하고 시집을 냈지만, 세상은 크게 달라지지 않았다. 자본주의가 지배하는 세상에서 민중의 연대는 요원해졌다. 세상이 욕망이라는 기차처럼 달려가고 있었다.

물질이 우선되는 시대를 사는 이들에게 '왜'라는 질문은 사치다. 그렇게 돈을 더 벌면 자유를 저축할 수 있을까? 불확실한 미래가 두려워 현재를 희생한다. 나도 그랬다. 직장을 나온 후, 뒤를 돌아볼 여유가 없었다. 닥치는 대로 잡문을 쓰고 이런저런 제안서를 써서 호구지책을 했다. 노동시간은 추가되고 어느새 몸은 늙고 약해졌다. 그렇게 벌어둔 돈은 치료비로 나가겠지. 물질에 대한 공포가 각자도생을 만든다.

시인은 "달이 이끄는 데로, 마음이 이끄는 대로 살고 싶다"라고 한다. 시집을 내고 나서야 지도교수가 말했던 '술과 연애'의 의미에 대해 알 것도 같았다. 과거의 감상을 넘어야 미래의 두려움을 극복할 수 있다는 것. 그래서 못 마시는 술도 마셔보았다. 술은 늘지 않았지만, 풀어짐의 자유를 알게 되었고 무엇보다 가정을 꾸리게 되었다.

한나 아렌트는 말한다. 생계를 위한 '노동'과 또 다른 세계를 만드는 예술가의 '작업'이 의미를 갖기 위해선 사회적, 정치적 '행위'로 관계를 맺어야 한다고. 자본주의적 근대에 도달한 현대인들의 거의 유일한 생의 목적은 소유와 소비뿐이 아닐까? 그런데 정작 우리를 힘들게 하는 일이 화폐 경제와 관련되었다는 생각. 자유를 위해선 이제부터 쓸모없는 일과 관계를 맺어야 한다는 생각.

　시인 진창윤의 시집을 읽고서 내게 주어진 휴가를 다 써버렸다는 생각이 들었다. 이제는 가난을 변명하지도 않고, 미안할 필요도 없다는 생각이 들었다. 시인은 여전히 같은 시간, 같은 장소에서 무모한 사건을 상상할 것이다. 그는 보이지 않는 것을 믿는 낭만주의자이기 때문이다.

　이 글을 쓰는 동안 하늘이 갑자기 어둑해지더니 빗방울이 맺혔다. 도시 숲의 나무들이 빗줄기를 맞으며 가쁘게 몸을 흔든다. 아차! 외출할 때 창문을 열고 나왔구나. 열린 창문 안으로 빗방울은 대책 없이 뛰어들 것이다. 창가에 가까운 바닥부터 물이 고여 저녁에 들어가면 집안은 습기로 가득 찰 것이다. 물기를 머금은 벽지가 마르면서 생기는 얼룩을 달의 무늬라 생각하기로 하자.

죽고야 마는 삶에서

셸리 케이건 저, 박세연 역, 『DEATH 죽음이란 무엇인가』

(엘도라도 · 2012)

오은숙 (소설가)

이 책은 저자가 17년 동안 예일대학교에서 강의한 교양 철학 강좌 내용을 재구성한 것이다. 프롤로그를 시작으로 영혼 탐구와 인간 정체성, 죽음과 삶에 관한 탐구, 죽음 직면하기와 자살을 다룬 14개의 장을 비롯해 에필로그까지. 제목에 이끌려 책을 샀다가 눈싸움하며 책 읽기를 미루는 동안 십 년이라는 세월이 흘렀다.

책을 펼치면 영혼에 관한 이야기가 먼저 나오는데 저자는 철학자답게 죽음의 실체를 들여다보기 전, 인간이 육체와 영혼으로 이루어졌다고 믿는 이원론자들의 견해를 해결하고 싶었던 것으로 보인다. 물질주의자를 자처한 그는 죽음에 관한 사유를 일방적으로 전개하는 대신, 가설과 예시, 반론과 사고 실험 등으로 자신의 논리를 쌓았다. 자아나 영혼을 실체 없는 것으로 보는 저자의 시각이 일부 현대 과학자들의 입장과 닮았다는 것은 인상적이었다.

철학과 과학은 다른 궤도로 달린다고 생각했었다. 철학과 과학을 바라보던 평소 내 시각이 시대에 한참 뒤떨어진 듯한 느낌이었다. 어쨌든, 나는 아리송하여 멍한 상태로 책을 읽다가 그의 논리를 지지하거나 반박했다. 지지하거나 반박하는 것은 책의 장르에 상관없이 책을 읽은 모든 독자의 유일한 권리라고 생각한다. 그렇게 지지하고 반박하는 과정을 반복하여 책 읽기를 마친 지금 나는 이원론자들의 견해를 빌려 내 손을 떠난 책의 죽음을 알리고 싶은 충동이 인다. 그래서 쓴다.

손에서 떠난 책(육체)은 죽었으며 책 내용(영혼)은 죽어가는 상태로 기억 속에서 밭은 숨을 쉬는 중이라고.

이런 문장을 참이라고 할 수 있을까. 책이 죽었다는 것은 사실일지 모르나 죽음의 당사자인 책이 아니라 나의 관점에서 하는 말이니 틀린 말인지도 모른다. 그래서 뭘 어쩌라는 거냐며 빨리 요점을 말하라고 한다면 나는 그저 이 책을 한번 읽어보라고 권하고는 것이다.

어떤 사람들처럼 나도 선택하기 어려운 일 앞에서 비장한 마음으로 죽음을 생각한다. 당장 죽는다고 생각하면 어떤 선택은 조금 쉬워진다. 예를 들어보자.

소설가의 서평이라고 하기에는 어딘지 부족함을 자각하며 서평 연재에 동참하고 있던 나는 서평 끝에 덧붙이는 이력으로 공저를 쓰는 것이 어쩐지 부끄러웠다. 그러나 지면을 내어준 분들에 대한 감사의 의미로 서평을 이어가는 동안 자랑처럼 공저를 이력으로 언급하겠노라 생각한 것이 초심이었다. 그러니까, 언젠가부터 공저들을 이력에서 빼고 싶은 마음과 초심을 지키고 싶은 마음이 충돌하는 것이었다. 밝히지 않아도 되는 이력을 밝혀놓고 마음이 불편한 것은 어쩔 수 없는 기질인지 모른다.

그러던 차에 죽음을 본질적으로 다룬 철학서를 읽은 것은 잘한 일이었다. 책을 읽으면서, 나 자신의 부족한 면과 마뜩잖은 삶의 이력조차 그저 과정으로 다가왔다. 다만, 진심이 왜곡되지 않으면 족한 것이었다. 이런 사고는 타인에 대한 배려가 몸에 붙지 않은 내게 실천적 의미에서, 마음의 여유를 보탰다. 책을 덮으며, 죽음과 대면할 때 생기는 상당한 힘이 삶을 지탱해 주는 역설에 대해 다시 깨달았다.

누구든 셸리 케이건의 『DEATH 죽음이란 무엇인가』를 읽고자 하는 분이 계신다면 필기구 챙기는 것을 잊지 말자. 아주 느린 속도로 책장을 넘기며 중언부언하여 지루한 문장은 건너뛰거나 밑줄을 긋자. 여백에 저자의 의견에 동의하거나 반대하는 글도 적어 보자. 그러는 동안 문득 떠오르는 상념들이 있을 것이다. 그것과 별개로 죽음과 삶의 욕망 사이에 숨어 있는 지적 허영이 민무늬 백자처럼 소박하게 일상으로 끼어들지 모른다.

'코끝이 빨간 희망' 한 송이를 드립니다

문상봉·이정관·장진규·형은수 저, 『너 어디 있느냐』(파자마·2024)

이영종 (시인)

비가 옵니다. 멧비둘기 한 마리 은행나무에 앉아 사색에 빠졌습니다. 생명은 힘. 스스로 움직이거나, 다른 것을 움직이게 하는 에너지죠.

생명과 평화와 통일을 온몸으로 행했던 문규현 신부님. 그를 발이 먼저 나가는 사람이라 생각하기 쉽습니다. 그러나 그의 글에는 머리가 가득합니다. 사람의 도리를 이성적으로 고뇌한 밤이 지구 반을 덮고 있는 것 같습니다. 가슴에는 소년 같은 순수가 팔딱팔딱 뛰고 있고요. "그래서 그가 행동으로 무엇인가를 보여주었다면 그것은 치열한 고민과 사제로서 순명에 따른 결과"(275쪽)인 것이죠.

『너 어디 있느냐』가 비둘기를 내려다보는 사진을 찍고 싶습니다. 문 신부는 삼보일배를 하면서 생명이 사는 곳이 하느님의 땅이라는 것을 알게 되었다고 합니다. 그러니 그가 "리트머스 시험지처럼 약자들의 눈물에 즉각 반응하고, 그들과 함께 활동하고 실천하는"(237쪽) 것은 비둘기가 날아가는 일만큼이나 자연스럽습니다.

평화란 전쟁이 없는 것, 서로 따지며 다투지 않는 것, 안팎의 갈등이 없는 것이죠. 이거 쉬운 일이 아닙니다. 그러니 "미움이 있는 곳에 사랑을, 다툼이 있는 곳에 용서를, 분열이 있는 곳에 일치를, 절망이 있는 곳에 희망을"(137쪽) 가져오려 날개를 바친 그를 다시 볼 수밖에 없죠.

7.7선언의 날개는 부러졌습니다. "남북 동포의 상호 교류, 재외 동포의 남북 자유 왕래 개방, 이산가족 생사 확인 적극 추진, 남북 교역 문호 개방, 비군사 물자에 대한 우방국의 북한 무역 용인, 남북 간의 대결 외교 종결, 북한의 대미·일 관계 개선 협조 등을 포함"(90쪽) 했던 선언. 하지만 평화의 손을 잡고 푸른 들을 가던 그의 손은 부러지지 않았어요.

통일의 철학적 의미는 다양한 부분을 제시하면서 하나로도 파악되는 관계입니다. 비둘기는 308종이라고 합니다. 널리 볼 수 있는 것은 집비둘기와 멧비둘기죠. 분홍 가슴 비둘기도 있어요. 그러나 비둘기는 비둘기. 한민족은 한민족. 문 신부와 임수경은 하나를 하나라 말하고 싶었겠죠. 1989년 8월 15일 14시 20분, 5cm 분단의 벽을 넘은 이유입니다. 그 뒤 소들이 새끼들을 데리고 휴전선을 넘었어요. 오래 헤어져 있었던 가족들이 눈물 속에서 만났고요. 물건 실은 차들이 개성 공단을 오고 갔어요. 금강산으로 간 사람들이 단풍처럼 붉어졌고요.

　'지배계급이 인민을 억압 착취하는 도구로 혁명 의식을 마비시키는 아편'이라고 규정되어 있었던 북한의 종교는 '초자연적이고 초인간적인 존재에 대한 절대적인 신앙, 신이나 하느님과 같은 거룩한 존재를 믿고 따르며 내세의 영원한 행복을 믿는 것'으로 바꾸었습니다.(143쪽)

　기도는 희망을 잃지 않는 사람들의 것이고 미래를 향한 것입니다. 기도는 나를 변화시켜 길을 찾게 하고 갈등을 줄이며 불화와 집착을 버리게 합니다.(233쪽)

　희망은 혼돈과 질서 사이를 폴짝폴짝 뛰다가 잃어버릴 것은 잃어버리고 남을 것은 남았을 때 생겨납니다. '그래도 희망입니다'에 제 시에서 꺾은 '코끝이 빨간 희망' 한 송이를 드립니다. 비둘기가 약속이 있다는 듯 날아갑니다. 가지를 박차고 힘 있게 갑니다. 그에게 분단된 하늘이 있을까요? 커피를 홀짝이며 즐거운 이야기를 나누는 부리 위로 온전한 하늘이 내리겠지요.

수필은 영혼의 숲

김경희 저, 『당신의 삶이 빛나 보일 때』(반도기획·2022)

이진숙 (수필가)

○수필가의 사명감

'생명의 눈물 끓는 소리'에 귀를 적시며 뒤척이던 날, 그 눈물을 닦아줄 책을 만났다. 김경희 작가의 산문집『당신의 삶이 빛나 보일 때』이다. 음미되지 않은 삶의 글에는 울림과 아우라가 없다면서 "글의 생명을 깊이 인식하고 사회적 사명감과 시선으로 따뜻하고 명분이 있는 글쓰기"(「네 이름이 붓이니라」)를 중요시한 작가의 정신이 오롯이 담겨 있다. 특히, 수필가들에게 영혼의 숲을 지켜주는 정서적 그린벨트 역할을 하라고 요구한다. 불의에는 날카롭고 단호하게, 쓰라린 상처 위에는 따스한 위로자의 시선으로 삶을 연주하고 있음을 느낄 수 있는 책이다.

"문학이란 그것이 간혹 절망을 노래할지라도 인간에 의한 인간을 위한 인간의 행복이어야 할 것"(「박완서 선생과 트럭 아저씨」)이라며 글을 쓰는 자의 자세에 대한 일침도 잊지 않았다.

201

영혼을 치유하는 수필은 순정문학으로 착한 삶을 위한 성찰이
되어야 한단다.

　　수필은 가슴 맑은 사람의 글이다. 겸허한 사람의 정신적 유산
　이다. 수필은 난(蘭) 같은 시적 이미지요. 내용은 소설가의 상상력
　과 서사를 뛰어넘어 한 문장으로 소화시켜 표현할 수 있는 의미가
　함축되어 있어야 한다.(「수필의 의미화」)

　수필을 사랑하는 사람은 자기 가슴 온도를 소중하게 관리
할 줄 알아야 하고 사람다운 사람의 차분한 가슴에서 시간을
두고 다듬어진 단단한 문장으로 은근하면서도 공감적인 글을
써야 한다고 강조한다. 아울러 작가의 삶을 담보로 재미있는
글쓰기와 울림이 큰 글쓰기, 깨우침이 있는 메타포 형식의 수필
쓰기를 권고하였다. 수필가로서 어깨가 무거워지면서 다짐도
하게 했다.

　○나날이 아름다운 풍경

　일흔여덟 편의 수필 중 「어머니의 마지막 커피」를 읽으며, 뭉
클한 빛을 발견한다. 작가는 아침 식사 후, 아내와 함께 차 한

잔을 나눈다. 어머니가 생전에 쓰셨던 방에서 어머니를 그리며 애틋한 풍경 하나를 만들어 낸다. 매일 삶의 마지막 커피라는 마음으로, 아내와 함께 "오늘도 잘 보냅시다."라고 말하며 '잔 키스' 시간을 갖고 차를 마신다. 아름다운 동행의 삶이 느껴지는 의식이다. 문득 아흔여섯이란 세월을 안고 사시는 어머니가 떠오른다. 어머니는 병상에서도 매일 아침 식사 후 달콤한 커피 한잔을 즐기신다. 그 커피는 간밤을 잘 보내고 눈 뜬 것에 대한 축배요, 아직 덜 채운 듯한 배를 충족시킬 수 있는 비법이며 소화되지 않는 뱃속을 평정하는 마법의 한 잔이라고 하셨다. 단숨에 달려가, 고단한 여정을 꿋꿋하게 걸어오신 그녀와 '잔키스'를 하며 커피를 나누고 싶은 충동이 인다.

입춘이 지나고 우수도 보냈다. 겨울 소리가 서걱서걱 울리던 달빛도 이제 서서히 몸을 풀고 있다. "아름다운 사람의 마음도 달빛처럼 은은하고 은근하며, 빛부시지 않으면서 깊이가 있을 것"(「달빛우편엽서」)이라던 김경희 작가의 마음이 정월의 달에 비친다. '달빛우편엽서'를 띄운 작가는 자연에 대한 애정이 진실했고, 자신도 그 안에서 풍경이 되기를 소망했다. 천천히 보고 시간을 두고 생각하면 서서히 다가오는 느낌의 기운이 있을 거라 했다.

작은 개울가에 돌을 고여/ 솥뚜껑을 걸고 기름 두르고 쌀가루 엎어 참꽃을 지졌네/ 젓가락으로 집어 맛을 보니 향기가 입에 가득/ 한 해 봄빛이 배속에 전해지네. (임제의 시 「화전놀이」)

봄기운을 품은 바람에서 연두의 빛깔이 보인다. 우리의 삶을 채색하고도 남을 빛이다. 작가가 권하는 시를 펼치며 화사한 봄의 소리를 맞이해야겠다.

희망을 품고 나아가는 만권당 소녀

김소연·윤해연·윤혜숙·정명섭 저, 『만권당 소녀』(서유재·2022)

장은영 (동화작가)

○한계를 넘어서려는 희망을 품다

우리 역사 속에 이름을 남긴 여성은 많지 않다. 신분제도가 존재했던 사회에서 여성들은 자신의 이름을 남길 생각도, 기회도 얻지 못했다.

하지만 그 시대의 여성들이라고 꿈이 없었을까? 희망이 보이지 않는다고 꿈조차 꾸지 않았을까? 혹시 지금 우리처럼 꿈꾸고 그 꿈을 이루기 위해 노력한 여성이 있지 않을까? 만약 있었다면 비록 그것이 작고 하찮은 것일지라도 온 힘을 다 바쳐 치열하게 살아가지 않았을까?

『만권당 소녀』는 좋아하는 일을 찾고 그것을 위해 고군분투하는 여자 주인공들의 이야기이다.

그림 그리는 걸 좋아하는 노비 국이, 사건을 해결하는 다모 이설, 전기수가 되고 싶은 상희, 그리고 4·3을 겪고 여자 해병대에 지원한 성옥이가 바로 그들이다.

그들이 사는 시대는 고려, 조선, 일제강점기, 1950년대로 각기 다르지만 꿈과 희망을 품고 당차게 앞날을 개척해 나가는 모습은 한결같다.

고려 충선왕이 원나라 연경에 세운 독서당에서 찻잔을 나르고 부엌일을 하는 국이는 더 많은 걸 듣고, 보고, 그리고 싶다. 만권당에 온 손님들이 궁금해 귀퉁이가 깨진 벼루와 쓰다 버린 종이에 그들을 그린다. 국이는 인물의 특징을 잡아내는 자신만의 독특한 표현법으로 생생한 표정을 담아낸다. 이런 그림은 처음이라는 늙은 학자에게 국이는 이렇게 대답한다.

"저는 누구의 간섭도 없이 그리고 싶었습니다. 화첩에 있는 그림을 흉내 낸 그림은 더더욱 그리고 싶지 않았습니다."

국이는 천한 신분임에도 주눅 들지 않고 당차게 하고 싶은 말을 한다. 그림을 그리는 순간 그녀의 영혼은 모든 속박에서 벗어나 자유롭고, 자신만의 독특한 시선으로 새로운 세상을 본다. 국이는 그림을 그리면서 두려움 없이 새로운 길을 향해 당당히 나아간다.

성원 나리는 심부름이나 하는 계집아이가 자신들의 얼굴을 함부로 그리고 있다는 것에 화를 낸다. 하지만 대감마님은 오히려 성원 나리를 야단친다.

　"저 아이의 그림이 호기심일 수도 있어. 그저 놀이라고 해도 저 아이에게 그림은 세상을 보는 또 다른 눈일세. 자네가 저 아이를 편협한 눈으로 본다면 제대로 된 인재를 그 눈으로 어찌 찾을 수 있겠는가?"

　인재를 키워 원나라의 속박에서 벗어나려는 마음으로 세운 만권당, 열려 있어야 인재가 모인다는 깊은 속내를 그림에 대한 앎을 갈구하는 국이를 인정하고 격려하는 모습을 통해 드러낸 점도 인상 깊었다.

　　○자신만의 방법으로 나아가라

　여성이라는, 천민이라는 굴레와 한계 속에서 그들이 넘어야 했던 산은 높고 깊었다. 하지만 그들은 "그림 그린 게 대수여요?", "세상에 천한 목숨은 없어요.", "왜 여자는 안 된다는 거야?"라고 되물었다. 좌절하지 않고, 실낱같은 희망을 끝까지 붙들며, 오히려 꿈을 향한 의지를 불태웠다.

　우리가 살아가는 현대에도 여전히 건너야 할 강은 많다. 학벌과 부로 인간의 가치를 평가하고 외모지상주의가 난무하는 현실에서 희망을 찾기는 어렵다. 하지만 남들과는 다른 자신의 방법으로 세상이라는 줄을 탄다면 여유 있고 충만한 삶을 살아갈 수 있을 것이다.

오늘, 여기서 힘겨운 현실을 만났다면 벽을 뚫고 앞으로 나아가는 주인공들을 만나보자.

네모난 세계

이선애 저, 『방울을 울리며 낙타가 온다』(상상인·2020)

정숙인 (소설가)

　이삼십 대 시절엔 월급날이면 으레껏 월례처럼 서점엘 갔으나 요즘은 서점보다 도서관의 서고에 더 매력을 느낀다. 원하는 책이 없다면 신간을 신청할 수도 있고, 다른 작가나 시민이 골라놓은 책의 큐레이션을 뒤적일 수 있기 때문이다.

　2025년 봄, 전주시립 완산도서관의 <자작사색> 6기 입주 작가로 머물면서, 열람실 3층 책장의 두 칸을 큐레이션 하게 되었을 때 이선애 시인의『방울을 울리며 낙타가 온다』를 선보인 적이 있다. 에로티시즘으로 읽어야 할지, 자기 구현으로 읽어야 할지, 낯설었다. 그의 시(詩)는 상처투성이의 누군가를 바라보는 것에 멈추지 않고, 공감 이상의 세계, 그 고통의 세계로 거침없이 들어가는 것이다. 상처와 어둠을 이해하고 함께 버티어 주는 것이다. 그의 시는 매일의 뉴스, 내가 기억하거나 잊은 어떤 사건의 뒤를 추적하게 했다.

　　산다는 것은 머리를 박고/ 목숨을 불꽃 위에서 꽃피우는 것

「사랑의 기술 2 -가스레인지」)

꽃잎은 그렇게 죽음을 앞지른다 (「사랑의 기술 3 -업사이클링」)

들여다보면 희생도 이기적이다/ 강산은 그저 변하지 않고/ 나를 통하여 너에게 간다/ 악역은 늘 나의 몫 (「사랑의 기술 4 -전골」)

2008년 <서울신문> 신춘문예로 등단한 이선애 시인이 12년 만인 2020년에서야 첫 시집을 낸 것에 대해, 한때 이선애 시인의 스승이기도 했던 이은봉 시인은 이 시집에 추천사를 붙이는 일이 감개무량하다고 했다. 그러면서 몇 마디를 덧붙였다. 꼼꼼하게 뜯어 읽어야 그의 시가 지닌 깊이에 이를 수 있다고. 그것은 그가 제 시를 상처의 기록으로 받아들이는 데서 기인한다고. 프랑스 시인 랭보의 말을 빌려, "상처받지 않은 영혼이 어디 있으랴"라며 상처를 드러내지 않고 향기 있는 시, 좋은 시를 쓰기는 어렵다고.

이선애 시인의 삶과 공간은 슬픔과 고통을 기록하는 작업실로 존재한다.

완성은 언제나 미완성보다 쓸모없는 것인가 (「안나푸르나 -산

210

혹은 밤」)

　사라진 과거는 무엇으로 살아갈 수 있을까 (「방울을 울리며 낙
타가 온다」)

　사라진 과거는 돌아오지 않고 (「공룡발자국 옹달샘」)

　시인은, "내 몸"이 "어린 신(神)이 태어나는 고요한 능선이며,
정신만 외롭게 빛나는 사막"임을 놓치지 않는다. "서늘한 카페"
에서 "진한 아라비카 커피가 목젖을 적"시면 "실재와 악몽 사이
에서 기호를 낳는 자궁"이 된다. 그의 과거는 지하도시 같은 비
밀스러운 카페와 책꽂이가 가득한 도서관이나 자신의 서재와
같은, 침묵이 으르렁대는 절집, 또는 그의 모든 기록의 장소인
사람에게서, 그 장소를 붙들고 고독과 맞선다. 낙타의 가시 돋
친 붉은 꽃을 먹으며, 공간과 시간을 환골탈태의 고통으로 견
디고는 도무지 버티지 않고서는 다다를 수 없는 기다림을 통해
창작의 쾌감에 이르는 것일 테다.

　또 시인은 수없이 많은 방에, 과거의 기록을 가진 사람을 들
이고 타자와 자신의 경계를 허문다. 과거, 현재, 미래가 섞여 있
는 것이 시이고, 시의 순간은 지난 시간을 더듬는 자리에서 온
다고, 시는 우리가 지나온 과거의 발자국에 대해서만 들을 수
있다고 한다. 사라진 시간을 놓친 슬픔과 그리움, 자기검열의

공간, 그의 시 한 편 한 편은 각각 하나의 방에 들어있다. 원고지 한 칸 한 칸의 네모난 방에 든 것이다. 그의 시집은 아파트 한 동과 같다.

과거는 사라지지 않았고, 언제나 현재형으로 살아있다. 그의 네모난 원고지, A4용지, 워드 자판은 시인의 세계이며, 모든 시를 향한 거울이다.

한 줄기에서 태어난 수많은 잎사귀/ 똑같이 제 몫의 햇살 나누어 갖는다/ 그의 붓 자국이 내게로 건너온다 (「사람주나무」)

세상 헛것들에 던지는 꼿꼿한 시선

정양 저, 『헛디디며 헛짚으며』(모악 · 2016)

최기우 (극작가)

아닌 것은 아니라고 귀싸대기 올려붙일 줄 아는 시인의 눈 부라림이 생생한 시집이다.

○시마다 드러나는 헛헛한 웃음

시인은 헛딛고 헛짚으며 살아온 한국 사회의 맹점을 예전 교육 현장에서 꺼낸다. 귀싸대기를 때리고 싶지만, 맞을 수밖에 없었던 시절. 시집에는 "머리통에 어깻죽지에/ 뭉치자 삼천만, 깨뜨리자 삼팔선/ 그런 종이 띠를 두르고/ 양팔간격으로 늘어선" 1940년대 국민(초등)학생들이 있고, 양팔간격 사이로 "줄 틀리는 아이들을 단속"(「깨뜨리자 삼팔선」)하는 선생님들이 있다. 수업 시간에 "출입문 드드륵 밀고 들이닥쳐/ 머리 긴 아이들 머리통에 한 줄씩/ 드르륵 드르륵 신작로를 내놓고" 나가는 1950년대 바리깡 훈육부 선생님이 있고, "그렇게 길들기가 죽어라 싫어/ 일주일 넘게 신작로를 그대로 이고 다닌"(「신작로」)

학생도 있다. 시인은 이 시절을 "황량했다"라고 표현한다. 바르지 못한 시대의 바르지 못한 일들. 철썩철썩, 학생들의 뺨을 갈기는 선생은 1990년대까지 꽤 많았다. 반세기가 지났어도 진저리 쳐지는 그 순간순간은 애잔한 그리움이자 씁쓸함이며, 여전한 통증이자 참담함이다.

시인이 기억하는 두 선생님이 있다. 정작 이름 석 자는 생각나지 않지만, 그들이 보여준 행동은 그의 귀를 번쩍 열리게 했고, 지그시 입술까지 깨물게 했다.

"원래 건달이었는데 이사장 친척이라서/ 자격증도 없이 체육선생이 되었다고들' 했던 '별명이 무식이었던 체육선생님"은 농구공·배구공·축구공을 던져주고 알아서 편 짜고 놀다가 끝나면 공만 체육실로 가져오라 시키고 당당하게 사라지곤 했다. 그러나 그 선생님은 자신의 수업 시간에 소지품 검사를 하겠다고 들이닥친 훈육부 선생들에게 "왜정 때 배운 대로만 풀어먹으라고 저 지랄들을 해댄다."(「잃어버린 이름」)라고 쌍욕 하며 막아서기도 했다.

분필 하나 달랑 들고 교실에 들어오는 "왔다리갔다리 시계불알 화학선생님"은 출석도 안 부르고 차렷 경례 끝나면 곧바로 노트도 책도 없이 고개를 한 번씩 좌우로 저으며 수업 내용을 칠판에 빼곡하게 적었다. 아이들이 책상을 두드리거나 발을 구르거나 말거나 크게 개의치 않았다. 그러나 어느 날 시험 답안지에 모두 'x'를 친 시인에게 "이 세상에는 옳은 일보다 그른 일이 많다는 걸 어떻게 알았지? 제대로 채점하면 60점인데 기분 좋아서 100점"(「화학선생님」)이라고 말하던 선생님이었다.

옳은 일보다 그른 일이 많아지는 세상에서 두 선생님에 대한 기억은 시인을 지금의 시인으로 성장하게 한 밑거름이었을 것이다.

○귀싸대기 칠 호기를 기다리며

정양(1942 2025) 시인은 다른 시인들과 달리 "발표한 작품이라도 고칠 데가 있으면 고쳐야 한다."라고 말한다. 시대도 사람도 변하다 보니 지나간 것을 보면 당연히 고칠 게 많다는 것이며, "눈 감기 전까지는 자기가 쓴 시를 고치는 것이 시인의 의무"라는 믿음이다. 시집에 실린 시도 다시 고쳐 내듯 시인은 묵히고 삭힌 기억을 또렷하게 살려낸다. 그 아득한 기억은 어둡고 답답한 굴레에서 벗어나 소소한 것을 위대하게 하고, 비루한 것을 장엄하게 한다. 사람들 곁에서 시글시글 스멀거리며, "헛디디며 헛짚으며"(「핏발 선 눈을 가리고」) 가더라도 기어이 귀싸대기 때릴 순간을 기다린다.

오랫동안 이렇게 묻고 싶었어

임대형 저, 『윤희에게 시나리오』(클·2020)

최아현 (소설가)

○각자의 용기로 시작하는 이야기

손끝이 꽁꽁 얼어 얼음이 들어앉은 듯하고, 어느 산꼭대기에 첫눈이 쌓였다는 소식이 들리면 어김없이 떠오르는 영화가 있다. 2019년 11월에 개봉한 <윤희에게>(감독 임대형)다. 겨울이 돌아왔으니 별수 없이 <윤희에게> 시나리오를 꺼내 읽었다.

이야기는 일본의 노년 여성 마사코가 조카 쥰의 책상에 있던 편지를 둘러보다 우체통에 넣는 것으로 시작한다. 매해 쓰기만 하고 부치지 못했던 조카의 편지는 바다를 건너 한국으로 날아간다.

한편, 한국의 중년 여성 윤희는 딸 새봄과 함께 살고 있다. 남편과는 이혼했고 어느 회사의 구내식당에서 일하고 있다. 고된 일상을 견뎌내고 있을 뿐, 삶이 딱히 기껍지도 못하다. 외동딸과 잘 지내고 싶어 말을 붙여도 도통 대화가 이어지지 않는 것을 보면 그마저도 마땅치 않다.

지루한 일상 사이에 일본에서 날아온 편지가 도착하고 편지
는 윤희보다 새봄의 손에 먼저 닿는다. 윤희의 편지를 먼저 읽
은 새봄이 고심 끝에 일본의 오타루로 여행을 제안한다. 윤희도
도착한 편지를 발견하고, 새봄과 함께 일본으로 떠난다. 오타
루의 마지막 밤, 마침내 윤희는 오랫동안 잊지 못했던 옛 연인
준을 만나게 된다.

이 이야기는 한 사람이 주도적으로 끌어가는 방식은 아니다.
대신 등장하는 모든 인물이 딱 한 뼘만큼의 용기를 낸다. 서로
에게 내민 손이 톱니바퀴처럼 맞물리며 고립되어 있던 일상에
커다란 균열을 만들어 낸다. 결국 모두가 서로에게 한 뼘씩 손
을 내미는 용기에 관한 이야기인 것이다.

○함박눈을 닮은 이야기

겨울이면 이 이야기를 떠올리는 이유는 두 가지다. 먼저 시나
리오 속 배경인 오타루는 겨울 내내 눈이 오기로 유명한 지역이
다. 영화에서도 마찬가지다. 쌓인 눈, 내리는 눈, 녹아가는 눈,
다시 어는 눈. "눈이 언제쯤 그치려나." 시나리오에서 반복되는
마사코의 대사가 무색할 정도로 온 세상이 눈으로 가득하다.
그런 오타루가 배경인 이야기니, 겨울이면 자연스레 떠오를 수

밖에 없다.

두 번째는 눈의 고요한 따듯함이 인물들에게 녹아 있기 때문이다. 때때로 윤희의 꿈을 꿀 때면 부치지 않는 편지를 쓰는 쥰. 발송되지 못한 편지를 우체통에 넣은 마사코. 편지를 먼저 읽고 일본 여행을 계획한 새봄. 그런 새봄을 따라 무턱대고 일본으로 따라간 경수. "나에게 그런 용기가 있을까? (중략) 언젠가 내 딸에게 네 이야기를 할 수 있을까? 용기를 내고 싶어. 용기를 낼 수 있을 거"라며 용기를 낸 윤희까지. 찬 바람이 부는 날이면 모두의 용기와 온기를 내 곁에 두고 싶어 자꾸만 꺼내 읽는 것일지도 모르겠다.

실은, 이 시나리오를 모든 계절에 꺼내두고 읽었다. 봄에는 겨울이 간 것이 아쉬워 읽고, 가을에는 곧 올 찬바람을 맞이하며 읽었다. 여름에는 너무 덥다고 읽었고, 겨울에는 알맞은 계절이 돌아왔다며 읽었다.

"잘 지내니? 오랫동안 이렇게 묻고 싶었어. (중략) 갑자기 너한테 내 소식을 전하고 싶었나 봐. 살다 보면 그럴 때가 있지 않니? 뭐든 더 이상 참을 수 없어질 때가."

어쩌면 부치지 못하는 편지와 내지 못하는 용기를 영화로 대신하고 있는지도 모른다.

처벌받는 개인과 교정하는 개인의 길항

이시은 저, 『고래 365』(북인 · 2020)

황보윤 (소설가)

　이시은 작가의 소설집은 핫하다. '핫하다'의 사전적 의미처럼 '매력이 넘치고, 섹시하고, 열정적'이다. '핫'한 문제적 인간이 작품마다 등장해서일까? 같은 주제나 같은 인물로 작품을 잇달아 지은 연작소설처럼 읽힌다.

　작가는 교도소 안 곳곳을 돋보기로 들여다본다. 미셸 푸코는 '개인이 처벌받는 것은 법률 위반 때문이 아니라, 전체 사회와 대립하기 때문'이라고 말했다. 근대 이후 교도소는 '이런 개인을 처벌하거나 교정하는 공간'이 되었다. 삭막한 시멘트 담장으로 둘러싸인 교도소는 세상과 철저하게 분리되어 있다. 작가는 굳게 닫힌 철문 안에서 벌어질 법한 일들, 처벌받는 개인과 교정하는 개인의 길항을 예민한 촉수로 포착한다.

　「도어」의 상습절도 전과자 '산들'은 모범적인 수용 생활로 사소 자리를 꿰찬다. 야무지고 눈치가 빠른 산들은 다른 방의 '문어'와 쪽지로 통방(通房)한다. 문어는 산들에게 정치범 '5'가 병원에 실려 갈 정도로만 찌르라고 한다. 그 일에 대한 보상으로 산들에게 돌아올 대가는 그녀가 남의 집을 털며 평생 꿈꾸어 온 '집'이다.

「고래 365」의 '나'는 식품 위생법 위반으로 수감 된다. 같은 방의 '365번'은 보건 위생법 위반으로 들어왔다. 나는 고래를 보러 가기 위해 성실히 조리장으로 일한다. 그러나 출소는 요원 하기만 하다. 타투 일인자를 꿈꾸는 365번은 칼을 양잿물 항 아리에 깊이 숨겨놓는다. 깊은 밤 나는 365번을 깨워 고래 문신을 부탁한다. 365번은 장미 가시로 땀을 뜬 자리에 칼날로 선명하게 선을 그려나간다.

「층」의 주인공은 교도관이다. 나는 교정 교화를 신뢰하지 않는다. 나와 달리 '팀장'은 수감자들과 끊임없이 소통한다. 유해 화학물질 흡입으로 교도소를 제집처럼 들락거리는 '조진자'를 두고도 의견이 엇갈린다. '진자'와 동거하던 남자의 부고가 날 아들자, 팀장은 휴가를 보내려고 한다. 그러나 진자의 귀휴는 나의 반대로 불허된다. 그날 밤 순찰 중에 나는 진자에게 고무장갑으로 목이 졸린다.

「달팽이 행로」에는 한때 연인이었던 두 남자가 사형수와 사형집행인으로 만난다. 사형제가 국회를 통과하면서 오랫동안 집행이 미뤄진 사형수들이 사형집행장으로 이송된다. 나는 순번제에 의해 석기의 형 집행자가 된다. 나는 형이 집행되기 전,

석기에게 흰색 운동화를 선물한다. 그것은 석기가 좋아하던 것이다. 석기는 내게 편지를 남긴다. '운동화가 너무 깨끗해 신을 수 없었다. 운동화를 받는 순간 놀랍게도 내 모든 얽힌 감정들이 녹아내리더구나.'

그들은 왜 교도소로 갔을까?

작가는 아무도 관심을 기울이지 않는 사람들의 인생을 핍진한 문장으로 그려낸다. '고아로 마리아집에서 태어나 소년원과 교도소, 갱생보호소를 거쳐 시립공동묘지에 묻히는' 인생은 개인의 선택이 아니라고, 사회의 강제라고 역설한다. '인생의 문'을 잘못 연 대가로 덫에 갇혀버린 사람들을 연민한다.

미덕은 또 있다. 작가는 작품 곳곳에 나무를 식재했다. 산수유나무 감나무 장미 소철 라일락 철쭉 층층나무 엄나무 굴참나무 왕버들 사이프러스……. 땅을 가리지 않는 식물들은 어디서든 뿌리를 내린다.

소설 속 인물들의 욕망은 해를 향해 가지를 뻗는 나무들처럼 담박하다. 어쩌면 그들은 문제적 인간이 아니라 문제를 해체하는 사람들일 수 있다. 그러므로 그들은 삶은 뜨겁고 '핫'하다.

건널 수 없는 통곡의 바다

이병초 저, 『노량의 바다』(작가·2022)

황지호 (소설가)

물이 마시는 존재에 따라 독이 되고 젖이 되고 약이 되듯. 머문 장소와 형상에 따라 구름이 되고 안개가 되고 바다가 되듯. 한 시인의 붓끝도 닿는 자리에 따라 시가 되고 소설이 되고 역사가 될 수 있음을 알게 되었다. 물이 외양은 변해도 그 본성은 언제나 물이듯 붓끝이 어디에 닿던 시인의 뜻은 한결같아서 변방의 언어로 이름 없는 풀과 잊힌 민중들을 소환했다.

시인의 삶 또한 그의 해타(咳唾)와 다르지 않아 뜻 맞는 시인들과 함께 시를 쓰고 그 시로 전쟁으로 고통받는 미얀마 문인들을 도왔고. 막 등단해 쭈뼛쭈뼛 말석에 앉은 새내기 작가들에게 무릎걸음으로 다가와 술을 따라 주었다. 이미 이름이 높고 묵향이 진한 작가들이 문단을 오래 이끌었으니 막 등단해 자리를 잡지 못하고 겉도는 신입 작가들에게 문단 일을 맡겨 생기라면 생기, 변화라면 변화를 이끈 사람도 그였다. 이병초 시인(전북작가회의 전 회장)이었다. 그리하여 그의 붓은 심술궂어 보이지만 뿌리를 다독이는 바람이었고, 약자를 품는 느티나

무의 넉넉한 그늘이자 위로였으며, 죽은 역사를 깨워 산 사람을 위로하는 박수무당의 넋두리였다.

　시인의 '무릎걸음' 술잔을 받은 다음 날 송구하여 그의 시집 『까치독사』를 '내돈내산'하여 읽었고, 그 시집을 책갈피 삼아 그의 넋두리이자 역사소설 『노량의 바다』를 읽었다. 시인이 쓴 소설은 군더더기가 없었다. 조사를 아껴 문장을 벼렸고, 적확한 단어를 찾아와 제자리에 앉혔으며, 행간의 여백으로 아련함을 만들어 가끔, 무연히 멈추게 했다. 화려하고 지나친 비유가 없으므로 문장이 여는 길이 분명했고, 플롯으로 서사에 힘을 더해 긴장을 놓지 않게 했으며, 말하고자 하는 바가 칼끝처럼 분명해 에둘러 돌아가지 않게 했다. 책을 덮은 이후의 여운도 길어 쓸쓸함이 버들잎처럼 흘러 노량의 바다까지 닿을 수 있게 했다.

　이제 시인이자 소설가인 작가는 시집 『까치독사』에 등장했던 '들몰댁'과 '즈아부지'와 '군산댁'과 '그 가시내'와 같은 이름 없는 것들을 역사소설 『노량의 바다』에서 노꾼으로, 감시병으로, 피 냄새 나는 군복을 "생선의 포를 뜨듯이 실을 박아 깁고 홀치고 호며감치고 후미벼 공그렸던" 순옥으로 다시 불러냈다. 그들에게 "밥과 나물과 푸성귀가 어우러진 비빔밥의 평등과 상하 구별 없이 너나들이로 퍼먹는 밥의 평등을 수저처럼 쥐어" 주고 싶어 했다. 그것을 작가는 "아버지가 된 자가 해야 할 일"이라고 믿었다. "김을 매고 베를 짜고 염천을 견디고 난 뒤에 곡식을 거두는 일- 거기에 목숨을 바치다시피 했던 만백성의 역사, 양반층에 함부로 무시당하고 멸시당했지만, 헐벗고 굶주린 조선 백성이 어째서 조선 역사 발전의 주체가 되었는가를 분명하게 짚어줄 글줄은 어디에 있는가" 분노하며 스스로 먹을 갈아 이 소설을 썼다.

백성의 코와 귀가 소금에 절여질 때 나만 살겠다고 몽진을 떠난 왕. 세한의 소나무 같은 선비들을 죽이고 옥에 가둬 가문과 권력, 부귀와 명예를 지키려 했던 칼 든 신하. 부하들을 승산 없는 전투에 내몰아 죽음의 구렁텅이로 밀어 넣은 능력 없는 장군을 소환했다. 그 소환한 자들을 이 시대 위정자들에게 들이밀며 '이것들이 너희 아니냐고 이들처럼 목민해서는 안 된다'라고 일갈하며 죽비 대신 내리치려고 이 소설을 쓴 것이다. 그것도 시인이 소설을 쓴 이유 중 하나일 것이다.

글쓴이 소개

경종호_시인. 전북 김제 출신으로, 2005년 전북일보 신춘문예(시)에 당선됐고, 2014년 『동시 마중』에 동시를 발표했다. 동시집 『천재 시인의 한글 연구』와 디카시집 『그늘을 새긴다는 것』 등을 냈다. 중학교 2학년 국어 교과서에 동시가 수록돼 있다.

기명숙_시인. 전남 목포 출신으로, 2006년 전북일보 신춘문예(시)에 당선됐다. 시집 『몸 밖의 안부를 묻다』를 냈다. 낯선 풍경 낯선 여행지에서 길을 잃는 방식(삶)을 실현하고 있다.

김근혜_ 동화작가. 전남 순천 출신으로, 2012년 전북일보 신춘문예(동화)에 당선됐다. 장편동화 『제롬랜드의 비밀』, 『나는 나야!』, 『봉주르요리교실 실종사건』, 『다짜고짜 맹탐정』, 『베프 떼어 내기 프로젝트』, 『들개들의 숲』, 청소년소설 『유령이 된 소년』, 『너의 여름이 되어 줄게』(공저), 『사춘기, 우리들은 변신 중』(공저), 오디오북 <날아라 자전거>를 냈다.

김영주_수필가·동화작가. 서울 출신으로, 2018년 전북일보 신춘문예(수필)와 동양일보(동화) 신인문학상에 당선됐다. 동화 『레오와 레오 신부』, 『가족이 되다』, 『크리스마스에 온 선물』, 『너의 여름이 되어 줄게』(공저), 『사춘기, 우리들은 변신 중』(공저)을 냈다.

김정경_시인. 2013년 전북일보 신춘문예(시)에 당선됐다. 시집『골목의 날씨』를 냈다. 오래된 골목을 유람하며 채집한 이야기로 시도 쓰고, 산문도 쓰며 숲 가까이에서 살고 있다.

김종필_동화작가. 전북 무주 출신으로, 1992년 문예사조 동화 신인상과 1994년 전북일보 신춘문예(동화)에 당선됐다. 동화『땅아 땅아 우리 땅아』,『아빠와 삼겹살을』,『앙코르 왕국에서 날아온 나비』,『또 걸렸냐?』,『박승 이야기』를 냈다.

김현수_시인. 전북 전주 출신으로, 2018년 전북일보 신춘문예(시)에 당선됐다. 시집『다른 빛깔로 말하지 않을게』,『조금씩 당신을 생각하는 시간』, 시화집『오래 만난 사람처럼』,『마음의 서랍』, 포토포엠『계절의 틈』, 동시집『내 귓속으로 들어가 보고 싶은 날』, 오디오북 <저녁 바다에서 우리는> 등을 냈다.

문 신_시인·문학평론가. 전남 여수 출신으로, 2004년 전북일보 신춘문예(시)와 세계일보(시)·조선일보(동시)·동아일보(문학평론) 신춘문예 당선됐다. 시집『물가죽 북』,『곁을 주는 일』,『죄를 짓고 싶은 저녁』, 동시집『바람이 눈을 빛내고 있었어』, 장편동화『그림자 사냥꾼』,『롱브릿지 숲의 비밀』, 문학평론집

『당신의 타인들』,『서로의 표정이라서』등을 냈다.

박태건_시인. 전북 익산 출신으로, 1995년 전북일보 신춘문예(시)와 『시와반시』신인상에 당선됐다. 시집『이름을 몰랐으면 했다』, 인문서『익산문화예술의 정신』등을 냈다.

오은숙_소설가. 전북 김제 출신으로, 2020년 전북일보 신춘문예(소설)에 당선됐다. 공저로『1집 스마트소설』,『지금 가장 소중한 것은』,『2021 신예작가』를 냈다.

안성덕_시인. 전북 정읍 출신으로, 2009년 전북일보 신춘문예(시)에 당선됐다. 시집『몸붓』,『달달한 쓴맛』,『깜깜』, 디카에세이『손톱 끝 꽃달이 지기 전에』를 냈다.

이경옥_동화작가. 전북 군산 출신으로, 2018년 전북일보 신춘문예(동화)에 당선됐다. 장편동화『달려라, 달구!』,『집고양이 꼭지의 우연한 외출』,『진짜 가족 맞아요』,『바람을 만드는 아이들』을 냈다.

이영종_시인. 전북 정읍 출신으로, 2012년 전북일보 신춘문예(시)에 당선됐다. 시집『오늘의 눈사람이 반짝였다』를 냈다.

이진숙_수필가. 전북 진안 출신으로, 2019년 전북일보 신춘문예(수필)에 당선됐다. 수필집『나는 오늘도 괜찮다』와 오디오북 <우리, 이제 다시 피어날 시간>을 냈다.

장은영_동화작가. 전북 정읍 출신으로, 2009년 전북일보 신춘문예(동화)에 당선됐다. 장편동화『마음을 배달하는 아이』,『책 깎는 소년』,『으랏차차 조선실록수호대』,『열 살 사기열전을 만나다』,『역사와 문화로 보는 도시 이야기, 전주』,『광대 특공대』와 그림책『바느질은 내가 최고야』등을 냈다.

장창영_시인. 전북 전주 출신으로, 2003년 전북일보 신춘문예(시)와 불교신문(시조)·서울신문(시조) 신춘문예에 당선됐다. 시집『동백, 몸이 열릴 때』,『우리 다시 갈 수 있을까』,『여행을 꺼내 읽다』,『나무의 속살을 읽다』, 오디오북 <황태, 설악을 훔치다>, 인문서『나무의 문을 열다』등을 냈다.

정숙인_소설가. 전남 여수 출신으로, 2017년 전북일보 신춘문예(소설)에 당선됐다. 채록집『아무도 오지 않을 곳이라는, 개복동에서』를 냈으며, 단편소설「백팩」,「빛의 증거」,「해안통 가는 길」과 10·19 민중구술「농부로 잘살고 있었다」등을 발표했다.

최기우_극작가. 전북 전주 출신으로, 2000년 전북일보 신춘문예(소설)에 당선됐다. 희곡집『상봉』,『춘향꽃이 피었습니다』,『은행나무꽃』,『달롱개』,『이름을 부르는 시간』, 어린이희곡『뽕뽕뽕 방귀쟁이 뽕 함마니』,『노잣돈 갚기 프로젝트』,『쿵푸 아니고 똥푸』 등을 냈다.

최아현_소설가. 전북 익산 출신으로, 2018년 전북일보 신춘문예(소설)에 당선됐다. 소설집『밍키』를 냈다.

황보윤_소설가. 충남 부여 출신으로 2009년 전북일보·대전일보 신춘문예(소설)에 당선됐다. 소설집『로키의 거짓말』,『모니카, 모니카』, 장편소설『광암 이벽』,『신유년에 핀 꽃』이 있다.

황지호_소설가. 전북 장수 출신으로, 2021년 전북일보 신춘문예(소설)에 당선됐다. 인문서『산전수전 겪지 않고 시골집 고치기』,『잠수함 속 토끼』를 냈다.

수록 도서 목록

○곽병창 저,『억울한 남자』(연극과인간·2018)

○국화·미숙·이지숙·임은주·정아·차지숙·최송아 저,『나에게 새로운 언어가 생겼습니다』(글을낳는집·2022)

○김경희 저,『당신의 삶이 빛나 보일 때』(반도기획·2022)

○김다연 저,『우연히 잡힌 주파수처럼, 필라멘트처럼』(모악·2021)

○김사인 편,『시를 어루만지다』(도서출판b·2013)

○김성호 저,『생명을 보는 마음』(풀빛·2020)

○김소연·윤해연·윤혜숙·정명섭 저,『만권당 소녀』(서유재·2022)

○김영 저,『파이디아』(한국문연·2020)

○김용옥 저,『생각 한 잔 드시지요』(수필과비평사·2007)

○김유석 저,『왕만두』(열림원어린이·2023)

○김정임·전희식 저,『똥꽃』(그물코·2023)

○김헌수 저,『다른 빛깔로 말하지 않을게』(모악·2020)

○김헌수 저,『마음의 서랍』(다詩다·2022)

○김혼비 저,『다정소감』(안온북스·2021)

○까치밥시동인 저,『까치밥 회보 130호』(모악작은도서

관·2023)

○나혜경 저, 『우리는 서로의 나이테를 그려주고 있다』(책

　만드는집·2023)

○나혜경 저, 김동현 사진, 『파리에서 비를 만나면』(역

　락·2020)

○다자이 오사무 저, 『인간실격』(민음사·2012)

○매창 저, 허경진 역, 『매창시집』(평민사·2019)

○문상붕·이정관·장진규·형은수 저, 『너 어디 있느냐』(파자

　마·2024)

○문신 저, 『죄를 짓고 싶은 저녁』(걷는사람·2022)

○박두규 저, 『가여운 나를 위로하다』(모악·2018)

○박성우 저, 『컵 이야기』(오티움·2020)

○박수서 저, 『날마다 날마다 생일』(생명과문학사·2023)

○박은영·최은묵·현택훈 등 저, 『제주4.3평화문학상 수상시

　집』(한그루·2023)

○박지숙 저, 『우리들의 히든 스토리』(단비어린이·2024)

○배봉기 저, 『햇빛 속으로』(마음이음·2023)

○백승종 저, 『신사와 선비』(사우·2018)

○복효근 저,『허수아비는 허수아비다』(애지·2020)

○뻐라짓 뽀무 등 저, 모헌 까르까·이기주 역,『여기는 기계의 도시란다』(삶창·2020)

○서철원 저,『달의 눈물』(출판하우스 짓다·2023)

○세라 망구소 저, 양미래 역,『망각 일기』(필로우·2022)

○셸리 케이건 저, 박세연 역,『DEATH 죽음이란 무엇인가』(엘도라도·2012)

○심정은 저,『환경수업도 업사이클링이 필요해』(밥북·2024)

○안성덕 저,『깜깜』(걷는사람·2023)

○오강남 저,『세계 종교 둘러보기』(현암사·2013)

○윤미숙 저『렛츠 기릿 나나나나는 래퍼!』(모해출판사·2024)

○이경옥 저,『진짜 가족 맞아요』(보랏빛소어린이·2025)

○이병초 저,『노량의 바다』(작가·2022)

○이상권 저,『호랑이의 끝없는 이야기』(특서주니어·2021)

○이선애 저,『방울을 울리며 낙타가 온다』(상상인·2020)

○이순미 저,『왁자지껄 바나나 패밀리』(살림어린이·2019)

○이시은 저, 『고래 365』(북인·2020)

○이유진 저, 『몸이 말하고 나는 쓴다』(마고서가·2021)

○이윤학 저, 『나보다 더 오래 내게 다가온 사람』(간드레·2021)

○이정환 저, 『이정환 문학전집』(국학자료원·2020)

○임대형 저, 『윤희에게 시나리오』(클·2020)

○장창영 저, 『여행을 꺼내 읽다』(북컬처·2020)

○정양 저, 『헛디디며 헛짚으며』(모악·2016)

○진창윤 저, 『달 칼라 현상소』(여우난골·2021)

○최기우 저, 『들꽃상여』(평민사·2021)

○최기우 저, 『조선의 여자』(평민사·2021)

○칼 세이건 저, 『코스모스』(사이언스북스·2006)

○탁경은 저, 『러닝 하이』(자음과모음·2021)

○포리스트 카터 저, 조경숙 역 『내 영혼이 따뜻했던 날들』(아름드리미디어·2019)

○필립 자코테 저, 『순례자의 그릇: 조르조 모란디』(마르코폴로·2022)

○하상욱 저, 『달나라 청소』(파란·2025)

○헨리 데이비드 소로 저, 정회성 역, 『월든』(민음사·2021)

당신을 위한 작은 위로

2025년 12월 20일 1판 1쇄 펴냄

지은이　　경종호 기명숙 김근혜 김영주 김정경 김종필 김헌수
　　　　　문　신 박태건 오은숙 안성덕 이경옥 이영종 이진숙
　　　　　장은영 장창영 정숙인 최기우 최아현 황보윤 황지호
펴낸이　　김성규
편집　　　조혜주 최주연 권은하 한도연
디자인　　신혜연
펴낸곳　　걷는사람
주소　　　경기도 용인시 기흥구 동백중앙로 358-6, 7층 (본사)
　　　　　서울 마포구 월드컵로16길 51 서교자이빌 304호 (지사)
전화　　　031 281 2602 / 02 323 2602
팩스　　　02 323 2603
등록　　　2016년 11월 18일 제25100-2016-000083호

ISBN 979-11-7501-047-5　04800
ISBN 979-11-89128-13-5　[04800] (세트)